alta mar

Editorial Bruño

Marqués de Mondéjar, 32. 28028 Madrid

Diseño de cubiertas
Miguel GARCÍA RAMOS

Diseño de interior
Miguel GARCÍA RAMOS
M.ª Jesús VELASCO

Ilustración
Javier ZABALA

Traducción y adaptación
Juan SANTISTEBAN

Dirige la Colección
Trini MARULL

alta mar

JACQUES FUTRELLE

La Máquina Pensante

Comentario del texto
Juan SANTISTEBAN

Primera edición: septiembre 1989
Segunda edición: marzo 1990
Tercera edición: abril 1991

Fotocomposición: SERVIGRAFINT
Fotomecánica: SERVIGRAFINT
ISBN: 84-216-1121-6
Depósito legal: M - 13532 - 1991
Imprime y encuaderna: MELSA

JACQUES FUTRELLE

Jacques FUTRELLE

- De descendencia francesa, nació en Georgia el 9 de abril de 1875 (USA).
- Ejerció el periodismo en Richmond, Virginia; trabajó como director de escena y fue miembro del *Boston American,* periódico local de Hearst.
- Se casó con la escritora L. May Peel en 1895.
- Cultivó todos los géneros de la narrativa popular, pero en la actualidad se le recuerda especialmente por la novela *The Diamond Master* (1909) y por los relatos protagonizados por *La Máquina Pensante,* uno de los máximos logros de la literatura detectivesca.
- Falleció en el naufragio del *Titanic* (1912), perdiendo con él varias narraciones inéditas.

para ti ...

Utiliza la razón, pero no más allá de los límites razonables, pues la lógica llevada a sus últimas consecuencias es hermana de la intransigencia y del absurdo. Cuando la brújula de la razón se te atasque durante el camino déjate orientar por la brújula de tu corazón.

Juan Santisteban

1 El problema de la celda número 13

I

AUGUSTUS Van Dusen había estudiado las materias más variadas, cosechando numerosas y prestigiosas titulaciones. Si hiciéramos acompañar su nombre de todas las siglas correspondientes, necesitaríamos la mayoría de las letras del alfabeto. Era un Ph.D. (siglas latinas de doctor en Filosofía), un Ll.D. (doctor en Leyes), un F.R.S. (Miembro de la Sociedad Real), un M.D. (doctor en Medicina), y unas cuantas cosas más.

De tanto estudiar se le habían encorvado los hombros, el rostro se le había descolorido, y sus estrábicos ojos, de color azul desteñido, protegidos por gruesas gafas, se le habían ido achinando hasta parecer rendijas. Pero, sobre todos estos rasgos, destacaba su frente, despejada como una inmensa cúpula y coronada por una enmarañada mata de pelo amarillo.

El profesor Van Dusen descendía de ilustres científicos alemanes. De tal palo tal astilla, y de tal árbol genealógico, tal fruto lógico: una mente maestra. Había dedicado al menos treinta y cinco años de su medio siglo aproximado de existencia a demostrar que no hay problema sin solución, y era capaz de resolver los enigmas más intrincados gracias a la formidable energía mental que había heredado de sus antepasados. Su lema predilecto era: «Dos y dos son cuatro, no sólo algunas veces, sino todas las veces.» Un dato significativo: usaba un sombrero del número 20.

Al profesor Van Dusen se le conocía generalmente como «La Máquina Pensante». Así le apodó un periodista con motivo de una notable exhibición de ajedrez. Van Dusen había demostrado que, sin ser un experto en este juego, podía derrotar, mediante la pura fuerza de la lógica, a un campeón que había dedicado toda su vida al estudio del ajedrez.

La Máquina Pensante tenía escasos visitantes, y éstos solían ser eminentes científicos, ávidos de contrastar sus opiniones con las del profesor. Dos de ellos, el doctor Charles Ransome y el señor Fielding, se presentaron una tarde en su casa para discutir cierta teoría cuya materia no viene al caso. Durante el curso de la conversación, el doctor Ransome declaró enfáticamente:

—Eso es imposible.

—Nada es imposible —replicó La Máquina Pensante con igual énfasis—. El pensamiento lo puede todo.

—He oído frases parecidas. Pero no me dicen nada. Hay cosas con las que nunca podrá el pensamiento.

—¿Qué, por ejemplo? —preguntó La Máquina Pensante.

El doctor Ransome fumó pensativamente antes de responder:

—Por ejemplo, las paredes de una cárcel. Nadie puede fugarse de una cárcel sólo con el pensamiento. Si eso fuera posible, no habría presos.

—Un preso puede aplicar su pensamiento de tal modo que le permita salir de una celda, lo que viene a ser lo mismo —espetó La Máquina Pensante.

El doctor Ransome se incorporó, interesado. El señor Fielding encendió un nuevo cigarro puro.

—¿Quiere decir que saldría *con el pensamiento*? —preguntó el doctor Ransome.

—Quiero decir que saldría —fue la réplica.

—¿Habla en serio?

—Ciertamente, hablo en serio.

Los visitantes guardaron un largo silencio.

—¿Está dispuesto a demostrarlo? —preguntó el señor Fielding finalmente.

—Ciertamente —contestó el profesor Van Dusen con un deje de ironía en la voz—. Cosas más estúpidas he hecho para convencer a otras personas de verdades menos trascendentes.

El tono era ofensivo y de ambas partes emanaba, fuertemente, un sentimiento parecido a la ira. La situación tenía algo de grotesca, pero tanto insistió Van Dusen en su deseo de efectuar el experimento de fuga que al fin se tomaron decisiones al respecto.

—Empecemos ahora —propuso el doctor Ransome.

—Preferiría comenzar mañana —repuso La Máquina Pensante—, pues...

—No, ahora —dijo el señor Fielding terminantemente—. Será usted encerrado en una celda sin posibilidad de comunicarse con sus amigos, y allí se le tratará con el mismo cuidado e idéntica atención que se prestaría a un condenado a muerte. ¿Está dispuesto?

—Estoy dispuesto. Comencemos ahora, pues. —Dicho esto, La Máquina Pensante se levantó.

—Elijamos, por ejemplo, la celda de los condenados a muerte de la prisión de Chisholm.

—Bien. Sea ésa la celda.

—¿Qué llevará usted puesto?

—Lo imprescindible. Zapatos, pantalones, una camisa y ropa interior.

—¿Permitirá que lo registren, naturalmente?

—Naturalmente. He de ser tratado como un preso más.

Había que cumplir ciertos preliminares para obtener el permiso, pero los tres eran hombres influyentes y todo se resolvió satisfactoriamente utilizando únicamente el teléfono, si bien los directores de prisión a quienes les fue expuesto el experimento, quedaron manifiestamente desconcertados. El profesor Van Dusen iba a ser, desde luego, el preso más distinguido que jamás habían tenido bajo custodia.

Cuando La Máquina Pensante acabó de vestirse con la ropa que iba a llevar durante su voluntario encarcelamiento, llamó a la anciana menuda que era a la vez su ama de llaves, su cocinera y su doncella.

—Marta —le dijo—, son las nueve y veintisiete minutos. Me marcho y estaré ausente algunos días. Dentro de una semana, a las nueve y media, estos caballeros cenarán aquí conmigo en compañía de un tercer invitado. Es posible que haya un quinto comensal. Recuerde que el doctor Ransome siente especial debilidad por las alcachofas.

* * *

Los tres hombres fueron a la prisión de Chisholm, donde el alcaide (1), que ya había sido puesto al corriente del asunto, estaba esperándolos. Se le había hecho saber que el eminente profesor Van Dusen iba a ser prisionero suyo, si lograba retenerlo, durante una semana; que no era culpable de ningún delito, pero que debía recibir igual trato que un preso común.

—Regístrelo —pidió el doctor Ransome.

La Máquina Pensante fue sometido al más minucioso de los registros. Nada le fue hallado; los bolsillos de sus pantalones estaban vacíos; su camisa blanca, de pechera almidonada, carecía de ellos. Se le quitaron los zapatos y los calcetines: nada sospechoso en éstos, nada de tacones o suelas trucados. Al presenciar el severo registro de un hombre con apariencia tan débil —el profesor apenas superaba en corpulencia a un niño—, el doctor Ransome sintió verdaderos remordimientos. Preguntó:

—¿Está usted seguro de querer continuar con el experimento?

---

(1) Principal encargado de una fortaleza o de una cárcel.

—¿Quedaría usted convencido de mis afirmaciones si no hiciera la demostración?

—Francamente, no.

—En ese caso, habré de seguir hasta el final.

La poca o mucha simpatía que el doctor Ransome pudiera profesar a La Máquina Pensante fue disipada por el tono de superioridad que el profesor empleó en su respuesta. Ahora más que nunca deseó que se consumase el experimento, pues sólo así recibiría aquel sabelotodo la humillación que se merecía.

—¿Le será imposible comunicarse con el exterior? —quiso saber.

—Absolutamente imposible —respondió el alcaide—. No se le permitirá tener ningún tipo de material de escritura.

—Y sus carceleros, ¿transmitirían un mensaje suyo?

—Ni una palabra, directa ni indirectamente. Pueden ustedes estar seguros de ello. Me mantendrán informado de cuanto pueda decir y me entregarán cualquier cosa que pudiera darles.

—Eso parece satisfactorio —aprobó el señor Fielding, vivamente interesado.

—Naturalmente, en el caso de que fracase —aclaró el doctor Ransome— y solicite su libertad, usted ha de concedérsela, ¿comprendido?

—Comprendido.

La Máquina Pensante, que hasta entonces había seguido la conversación en silencio, tomó la palabra.

—Me gustaría hacer tres pequeñas peticiones. Pueden otorgármelas o no, según su voluntad.

—Ningún favor especial ahora —advirtió el señor Fielding.

—No se trata de ningún favor especial —fue la seca respuesta—. Me gustaría tener un poco de polvo dentífrico. Puede comprarlo usted mismo si desea tener la certeza de que verdaderamente es polvo dentífrico y no otra cosa que se le parezca. También me gustaría disponer de un billete de cinco dólares y dos de diez dólares.

El doctor Ransome, el señor Fielding y el alcaide intercambiaron miradas de asombro. No les había sorprendido la petición del polvo dentífrico, sino la del dinero.

—¿Hay alguna persona con quien nuestro amigo pueda entrar en contacto y a quien pueda sobornar por veinticinco dólares? —preguntó el doctor Ransome al alcaide.

—Ni por veinticinco billetes de cien dólares —fue la categórica respuesta.

—En ese caso, permitámosle tenerlos —concedió el señor Fielding.

—¿Y cuál es la tercera petición? —preguntó el doctor Ransome.

—Me gustaría que me lustrasen los zapatos.

Se produjeron nuevas miradas de sorpresa. Les pareció una petición tan absurda que se la concedieron muy gustosamente. Una vez atendidos los tres curiosos pedidos, La Máquina Pensante fue conducido a la celda de la que se había propuesto escapar.

—He aquí la celda 13 —informó el alcaide, deteniéndose ante la tercera puerta de un corredor de acero—. En ella custodiamos a los asesinos condenados a muerte. Nadie puede abandonarla sin permiso mío; y nadie encerrado en ella puede comunicarse con el exterior. Me juego mi reputación en ello. Se encuentra sólo a tres puertas de mi despacho y puedo oír perfectamente cualquier ruido sospechoso.

—¿Sirve esta celda, caballeros? —preguntó La Máquina Pensante con cáustica ironía.

—Admirablemente.

Abrieron de par en par la pesada puerta de acero y se oyó un confuso correteo de patitas. La Máquina Pensante penetró en la penumbra de la celda y el alcaide cerró la puerta con dos llaves.

—¿Qué es ese ruido que suena ahí dentro? —preguntó el doctor Ransome a través de los barrotes.

—Ratitas... docenas de ellas —respondió La Máquina Pensante.

Los tres hombres se despidieron del profesor, y comenzaban a alejarse cuando La Máquina Pensante voceó:

—¿Qué hora es exactamente, alcaide?

—Las once y diecisiete.

—Gracias. Me reuniré con ustedes, caballeros, en el despacho del señor alcaide, dentro de una semana, a las ocho y media.

—¿Y si no lo hace?

—No existe ningún «si» condicional en este asunto.

II

LA prisión de Chisholm era una imponente construcción de granito, con cuatro plantas, que se alzaba en el centro de un espacio abierto de varios acres (1) de extensión. La rodeaba un sólido muro de ladrillos de más de cinco metros de altura, tan liso por dentro y por fuera que no ofrecía ningún punto de apoyo para el pie de un supuesto escalador, por experto que fuese. Para mayor precaución, sobre esta tapia se erguía una verja de metro y medio de alto, cuyos barrotes de acero terminaban en afiladas puntas. Este muro marcaba por sí mismo una infranqueable línea divisoria entre la libertad y el encarcelamiento, pues, aun cuando un preso lograse escapar de su celda, le resultaría imposible salvar la tapia.

El patio, que en todos los costados del edificio alcanzaba una amplitud aproximada de siete metros y medio —distancia entre aquél y el muro—, servía durante el día como terreno de ejercicios para aquellos presos que disfrutaban de libertad parcial. Pero esto no regía para los malaventurados huéspedes de la celda 13. A todas horas del día y de la noche había cuatro guardias armados en el patio, cada uno patrullando un costado del edificio.

---

(1) Medida inglesa de superficie, equivalente aproximadamente a 40,47 m^2.

De noche el patio estaba casi tan iluminado como de día. En cada uno de los cuatro costados refulgía un gran arco voltaico que se alzaba sobre el correspondiente muro de la cárcel, proporcionando a los vigilantes una visión perfecta. Las luces también iluminaban la erizada cresta de la tapia. Los cables que alimentaban los arcos voltaicos cruzaban sobre aisladores los costados del edificio, yendo desde el último piso hasta los postes que sustentaban los arcos mencionados.

Todo esto lo vio y lo memorizó La Máquina Pensante, quien, para poder mirar a través de la tupida verja del ventanuco de su celda, hubo de ponerse de pie sobre la cama. Esto sucedía en la mañana siguiente a su encarcelamiento. Dedujo también que al otro lado de la tapia que se alzaba frente a él pasaba un río, pues percibió débilmente la vibración de una lancha motora y vio un ave ribereña. De la misma dirección llegaban gritos de muchachos jugando y, de vez en cuando, el bateo (1) de una pelota. Comprendió que entre la tapia y el río había un campo de juegos.

La cárcel de Chisholm tenía fama de segura. Nadie había escapado de ella jamás. Las paredes de la celda 13, aunque construidas, según juzgó La Máquina Pensante, veinte años antes, eran perfectamente sólidas, y los barrotes de la ventana no tenían ni sombra de herrumbre. La propia ventana, aun desprovista de barrotes, hubiera sido una dificultosa vía de escape, debido a su pequeñez.

Sin embargo, La Máquina Pensante no perdió los áni-

---

(1) Golpe dado con el bate, especie de paleta de madera que se utiliza en el béisbol.

mos. Observó con calma el gran arco eléctrico que tenía enfrente y recorrió con la mirada el cable que iba de aquél al edificio. El cable, reflexionó, debería bajar por el costado del edificio a corta distancia de su celda. Valdría la pena averiguarlo.

La celda 13 se encontraba en la misma planta que las oficinas de la prisión, es decir, ni en el sótano ni en el primer piso. Había cuatro escalones hasta el piso de las oficinas, por lo que el nivel del suelo debería estar a sólo un metro del terreno exterior. No podía ver el suelo directamente bajo su pequeña ventana, pero sí alcanzaba a verlo más adelante, hacia la tapia. Sería fácil dejarse caer desde la ventana. Tanto mejor.

Seguidamente, el ilustre preso hizo memoria de cómo había llegado a la celda. Primero estaba la garita del guardia exterior, adosada a la tapia. En esta última se abrían dos pesadas puertas con rejas de acero, siempre vigiladas por un centinela que franqueaba la entrada, después de un gran chirriar de cerraduras. El centinela sólo permitía el paso cuando así se le había ordenado. El despacho del alcaide estaba en el cuerpo del edificio, y para llegar a él desde el patio había que pasar por una puerta de sólido acero provista de una mirilla. Luego, para llegar desde este despacho a la celda 13, había que traspasar una resistente puerta de madera y dos puertas de acero situadas en los corredores de la prisión; además no había que pasar por alto la puerta de la celda, asegurada con cerradura doble.

Había, pues, según el recuento de La Máquina Pensante, siete puertas que atravesar para pasar de la celda 13 al mundo exterior y ser libre. Mas, en compensación, contaba con el hecho de que era raramente importunado. A las seis de la mañana aparecía un carcelero con el desayuno reglamentario; volvía al mediodía, y otra vez a las seis de la tarde. A las nueve en punto de la noche llegaba la visita de inspección. Eso era todo.

No había en la celda otra cosa que una cama de hierro, tan firmemente construida que, para separarla en partes, hubiera sido imprescindible el auxilio de una lima o de almádenas (1), herramientas de las que, como ya sabe el lector, carecía el ilustre científico. No había ni siquiera una silla, ni una mesita, ni un trozo de hojalata o de loza. ¡Nada! El carcelero permanecía a su lado mientras él comía, para luego llevarse la cuchara de madera y el cuenco utilizados.

Una a una, todas estas cosas se fueron grabando en el cerebro de La Máquina Pensante. Cuando hubo dado fin a sus consideraciones, pasó a examinar la celda. Revisó las piedras y el cemento que las unía. Golpeó repetidas veces el suelo con los pies, cuidadosamente, comprobando que se trataba de cemento perfectamente sólido. Acabado este examen, se sentó en el borde de la cama de hierro y se sumió en sus pensamientos durante un buen rato: el profesor Augustus Van Dusen tenía algo muy interesante en qué pensar.

Fue interrumpido por una pequeña rata que pasó corriendo por encima de su pie, para luego refugiarse, asustada, en un rincón. Un rato después La Máquina Pensante, escudriñando fijamente la oscuridad

(1) Mazos de hierro con mango largo, utilizados para romper piedras.

del rincón adonde había ido el animalito, pudo percibir entre las sombras numerosos puntos que brillaban como abalorios. Contó seis pares de ojillos, si bien cabía la posibilidad de que hubiera más, pues su vista no era muy fiable.

Reparó por vez primera en la parte inferior de la puerta. Había una rendija de unos cinco centímetros de alto entre la puerta y el suelo. Sin dejar de mirar esta rendija, el científico retrocedió repentinamente hasta el rincón donde había visto los ojillos brillantes. Sonó un confuso correteo de patitas, acompañado de asustados chillidos y seguido de silencio.

Ninguno de los pequeños roedores había salido por debajo de la puerta y, sin embargo, no quedaba ninguno en la celda. Por consiguiente tenía que haber otra salida, por pequeña que fuese. El científico inició a gatas la búsqueda de esa salida, tanteando en la oscuridad con sus largos dedos.

Por fin, su búsqueda fue recompensada. Descubrió una pequeña abertura en el suelo de cemento. Era redonda y de unos siete centímetros de diámetro. No cabía duda: era por allí por donde las pequeñas ratas habían huido. Introdujo profundamente sus dedos en el agujero; se trataba, al parecer, de una cañería de desagüe en desuso, seca y polvorienta.

Una vez comprobado este dato, el profesor se sentó en la cama a meditar. Una hora después volvió a inspeccionar los alrededores de la celda a través de la pequeña ventana. Había un guardia enfrente, junto a la tapia, mirando precisamente la ventana de la celda 13. El científico no le prestó atención.

Al mediodía, se presentó el carcelero con la comida frugal y repulsiva de la prisión. La Máquina Pensante, que distaba mucho de ser un gastrónomo, se limitó a dar paso a aquellos desagradables alimentos en dirección a su estómago. Mientras terminaba su comida hizo varias preguntas al carcelero, que permanecía observándolo desde el otro lado de la puerta.

—¿Se han hecho algunas reformas aquí estos últimos años?

—Nada de particular —contestó el funcionario—. La nueva tapia fue construida hace cuatro años.

—¿Se hizo algo en el edificio?

—Se pintó el enmaderado exterior, y creo que hace siete años se instaló un nuevo sistema de tuberías.

—¡Ah! ¿A qué distancia se encuentra el río de aquí?

—A unos cien metros. Los muchachos tienen un campo de béisbol entre la tapia y el río.

Cuando el carcelero se disponía a marcharse, La Máquina Pensante pidió agua.

—Paso mucha sed aquí —explicó—. ¿Le sería posible dejarme un poco de agua en una vasija?

—Preguntaré al alcaide.

Media hora después, el carcelero volvió con algo de agua en un pequeño recipiente de barro.

—El alcaide dice que puede usted quedarse con esta vasija, pero debe mostrármela cuando se la pida. Si está rota, será la última.

—Gracias. No la romperé.

Dos horas después el carcelero, al pasar frente a la puerta de la celda 13, oyó un ruido dentro y se detuvo. La Máquina Pensante estaba en un rincón de la celda, a gatas; se oían débiles chillidos de terror procedentes de ese mismo rincón. El funcionario de prisiones miró con interés.

—¡Ah, ya te tengo! —oyó exclamar al preso.

—¿Tienes qué? —preguntó secamente.

—Una de estas ratas —fue la respuesta. ¿Ve?

Y entre los largos dedos del científico, el carcelero vio debatirse una pequeña rata gris. El preso la trajo a la luz y la miró detenidamente.

—Es una rata de agua —observó.

—¿No tiene nada mejor que hacer que cazar ratas?

—Es una vergüenza que las haya aquí —fue la irritada respuesta—. Saque ésta y mátela. Hay docenas más en el lugar de donde ha venido.

El carcelero cogió el roedor, que se agitaba y retorcía, y lo arrojó violentamente contra el suelo. El pequeño animal emitió un chillido y quedó inmóvil. Más tarde el carcelero informó del incidente al alcaide, quien se limitó a sonreír.

Al cabo de un rato, el guardia armado que vigilaba la celda 13 volvió a levantar los ojos hacia la ventana y vio al preso mirando afuera. Vio levantarse una mano hasta la enrejada ventana, y luego algo blanco revolotear hacia el suelo, justamente debajo de la celda 13. Era un pequeño rollo de tela, procedente de una camisa blanca, y atado alrededor había un billete de

cinco dólares. El guardia volvió a alzar la vista hacia la ventana, pero el rostro había desaparecido.

Con torva sonrisa, llevó el pequeño rollo de tela y el billete de cinco dólares al despacho del alcaide. Allí, entre los dos, descifraron algo que estaba escrito en el tejido con una extraña clase de tinta, a intervalos borrosa. En la parte exterior se leía:

«Se ruega a quien encuentre esto que lo entregue al doctor Charles Ransome.»

—¡Ah! —exclamó el alcaide con una risita—. El plan de fuga número uno ha fracasado. Pero, ¿por qué lo habrá dirigido al doctor Ransome?

—¿Y dónde ha conseguido la pluma y la tinta para escribir? —preguntó el guardia.

El alcaide miró al guardia y el guardia miró al alcaide. No había ninguna aparente solución para aquel misterio. El guardia estudió cuidadosamente la escritura y sacudió la cabeza.

—Bien, veamos lo que iba a decir al doctor Ransome —dijo el alcaide por fin, y desenrolló la pieza de tela.

—Bien, si esto... ¿Qué... qué piensa usted de esto? —preguntó en el colmo del aturdimiento.

El guardia cogió el trozo de tejido y leyó lo siguiente:

Rapac seosn eipe uqne odo mles eon ets. «E.»

III

EL alcaide pasó una hora tratando de descifrar aquel mensaje, y media hora preguntándose por qué su prisionero habría intentado comunicarse con el doctor Ransome, quien al fin y al cabo era la causa de que él estuviese allí. Tras estas consideraciones, el alcaide reflexionó acerca de los materiales de escritura: ¿Dónde los habría conseguido el preso? ¿Qué materiales eran? Examinó la tela: era una parte arrancada de una camisa blanca y tenía los bordes rasgados.

Ahora era posible explicar el origen del tejido, pero saber qué había utilizado el preso para escribir era harina de otro costal. El alcaide sabía que le hubiera sido imposible disponer de pluma o de lápiz, y, además, ni una ni otro habían sido utilizados en la nota. ¿Qué, entonces? El alcaide decidió investigarlo personalmente. La Máquina Pensante era su prisionero; tenía órdenes de retener a sus prisioneros; si éste trataba de escapar enviando mensajes cifrados a personas de fuera, pondría a ello un freno, como hubiera hecho tratándose de cualquier otro preso.

El alcaide se dirigió a la celda 13, donde encontró a La Máquina Pensante a gatas sobre el suelo, ocupado en algo tan poco digno y tan poco alarmante como cazar ratas. El preso se volvió al oír los pasos del alcaide.

—¡Qué vergüenza, estas ratas! —le soltó—. Las hay a montones.

—Otros hombres han podido soportarlas —replicó el alcaide—. Aquí tiene otra camisa para usted. Permítame quedarme con la que lleva puesta.

—¿Por qué? —inquirió La Máquina Pensante, turbado al parecer.

—Ha intentado usted comunicarse con el doctor Ransome. Es mi deber poner fin a ese tipo de cosas.

—De acuerdo —repuso el preso tras una pausa—. Cumpla con su deber.

El alcaide sonrió con satisfacción. El preso se levantó del suelo y se despojó de la blanca camisa para ponerse en su lugar la camisa rayada de presidiario que había traído el alcaide. Éste cogió la camisa blanca con impaciencia e inmediatamente comparó ciertos lugares desgarrados de la prenda con los trozos de tela escritos. La Máquina Pensante miraba con curiosidad. Preguntó:

—¿Así que el guardia le ha llevado eso a *usted*?

—En efecto, me lo ha entregado a mí —respondió el alcaide triunfalmente—. Y eso pone fin a su primer intento de fuga.

La Máquina Pensante observaba al alcaide mientras éste comprobaba para su satisfacción que sólo dos trozos de tela habían sido arrancados de la camisa blanca.

—¿Con qué ha escrito este mensaje?

—Yo diría que averiguarlo forma parte de su deber —replicó con irritación La Máquina Pensante.

El alcaide estuvo a punto de soltar una retahíla de esas palabras que tanto usan las personas de espíritu grosero e inferior, pero, recapacitando en el hecho de que se encontraba en presencia de un personaje ilustre y no de un vulgar asesino, optó por contenerse. Hizo un minucioso registro de la celda y del preso. No encontró nada en absoluto; ni siquiera una cerilla o un mondadientes que pudieran haber sido usados como pluma. El mismo misterio rodeaba a la tinta utilizada. No obstante, se llevó como un trofeo la camisa desgarrada.

—Bien; no por escribir notas en trozos de camisa va a conseguir escapar —se dijo con alguna complacencia, y guardó los pedazos de tejido en su escritorio, a la espera de acontecimientos—. Si ese hombre escapa de la celda, yo... ¡Vive Dios que presentaré mi dimisión!

El tercer día de su encarcelamiento La Máquina Pensante intentó abiertamente recurrir al soborno. El carcelero le había traído la comida y se hallaba apoyado contra la puerta enrejada, haciendo guardia, cuando La Máquina Pensante inició la conversación.

—Las cañerías del desagüe de la cárcel van a parar al río, ¿verdad?

—Sí —contestó el carcelero.

—Supongo que serán muy estrechas.

—Demasiado estrechas para escaparse por ellas, si es eso lo que está pensando —fue la burlona respuesta.

Hubo silencio, hasta que La Máquina Pensante acabó su comida. Luego comenzó la charla de nuevo:

—Usted sabe que no soy un criminal, ¿verdad?

—Sí.

—Y que tengo perfecto derecho a ser puesto en libertad si así lo solicito, ¿verdad?

—Sí.

—Bien. He venido aquí creyendo que podría fugarme. —Los estrábicos ojos del preso estudiaban atentamente el rostro del carcelero.

—¿Tomaría usted en consideración una recompensa económica por ayudarme a escapar?

El carcelero, que resultó ser una persona honrada, miró la flaca y débil figura del prisionero y casi sintió lástima.

—Supongo que las cárceles como ésta no han sido construidas para que personas como usted se fuguen de ellas —dijo por fin.

—Pero, ¿tomaría usted en consideración una proposición para ayudarme a escapar? —insistió el preso, casi implorando.

—No —contestó el carcelero secamente.

—Quinientos dólares —presionó La Máquina Pensante—. No soy un criminal.

—No.

—¿Mil?

—No.

Llegados a este punto, el carcelero optó por marcharse apresuradamente, para evitar que tentaciones más fuertes acabaran por vencerlo. No obstante, volvió un rato después para decir a su sobornador:

—Aunque me diese diez mil dólares no podría sacarlo. Tendría usted que pasar siete puertas y yo sólo tengo las llaves de dos.

El guardia refirió todo al alcaide, quien comentó con regocijo:

—Falla el plan número dos. Primero un mensaje en clave; luego un soborno.

Cuando el carcelero se dirigía a la celda 13 con la comida de las seis, se detuvo alarmado al oír un sonido altamente sospechoso: el inconfundible roce de acero contra acero. El sonido cesó al aproximarse los pasos del carcelero, que aún se encontraba fuera del campo de visión del preso. El carcelero, a quien no le faltaba astucia, fingió darse la vuelta: sin moverse de su sitio, golpeó el suelo con los pies, cada vez más débilmente, imitando el sonido de pisadas que se alejan. Momentos después volvió a percibirse el persistente roce. El carcelero se deslizó de puntillas hasta la puerta y atisbó por entre los barrotes. La Máquina Pensante estaba de pie sobre la cama de hierro, trabajando en los barrotes de la reducida ventana. Usaba lo que parecía una lima, a juzgar por el vaivén hacia delante y hacia atrás de sus brazos.

Cautelosamente, el carcelero volvió al despacho del alcaide, y ambos se dirigieron de puntillas a la celda 13. Aún se oía el continuo roce metálico. El alcaide prestó atentos oídos para quedar convencido y, a continuación, abrió de improviso la puerta.

—¿Y bien? —inquirió sonriendo, al tiempo que entraba en la celda.

La Máquina Pensante volvió la mirada y saltó fuera de la cama, haciendo desesperados esfuerzos para esconder algo. El alcaide se adelantó con la mano extendida.

—Entrégueme eso —ordenó.

—No —replicó el preso secamente.

—¿Qué es, una lima?

La Máquina Pensante permanecía silencioso y fijaba su estrábica mirada en el alcaide con una expresión muy parecida a la decepción, grabada en su rostro; parecida, pero no igual. El alcaide se mostró casi simpático.

—Falla el plan número tres, ¿eh? —preguntó bondadosamente—. ¡Qué pena!, ¿verdad?

El preso seguía silencioso.

—Regístrelo —ordenó el alcaide al carcelero.

El registro fue minucioso. Hábilmente escondida en el cinto del pantalón del preso, encontró el carcelero una pieza de acero de unos cinco centímetros de longitud, curvada como una media luna.

—¡Ajá! —exclamó el alcaide al tiempo que la recibía de manos de su subordinado. Y sonrió amablemente.

El carcelero prosiguió el registro. En la parte interior de su cinturón encontró otra pieza de acero idéntica

a la primera. Los bordes mostraban desgaste allí donde habían sido frotados contra los barrotes de la ventana.

—Con esto no podría abrirse paso a través de esos barrotes —observó el alcaide.

—Sí podría —replicó La Máquina Pensante firmemente.

—En seis meses, quizá —dijo el alcaide de buen humor. Sacudió lentamente la cabeza, al tiempo que observaba el rostro ligeramente sonrojado de su prisionero.

—¿Dispuesto a abandonar el proyecto?

—Aún no he comenzado —fue la pronta respuesta.

Siguió un registro exhaustivo de la celda. Los dos funcionarios la examinaron palmo a palmo y finalmente dieron la vuelta a la cama, inspeccionándola. Nada sospechoso. El alcaide en persona se subió sobre la cama y examinó los barrotes de la ventana, centrando su atención en las zonas donde el preso había estado serrando. Se sintió regocijado.

—Ha conseguido sacarles algo de brillo —dijo al preso, que parecía alicaído. Asió los barrotes con sus fuertes manos y trató de desplazarlos. Eran inamovibles, pues estaban firmemente fijados en el sólido granito. Los examinó uno a uno y los encontró todos satisfactorios.

—Ríndase, profesor —aconsejó.

La Máquina Pensante sacudió la cabeza, y los dos funcionarios de prisiones volvieron a salir. Cuando desaparecían por el pasillo, La Máquina Pensante se sentó al borde de la cama con la cabeza entre las manos.

—Obra como un loco tratando de salir de esa celda —comentó el carcelero.

—Por supuesto que no puede salir —convino su superior—. Pero es listo. Me gustaría saber con qué escribió ese mensaje cifrado.

*   *   *

Eran las cuatro de la madrugada siguiente cuando por todos los rincones de la gran prisión resonó un chillido estremecedor. Procedía de alguna de las celdas del centro, y su tono revelaba horror, agonía, terrible pánico. Al oírlo, el alcaide, acompañado de tres de sus hombres, se abalanzó por el largo corredor que conducía a la celda 13.

IV

MIENTRAS corrían, volvió a oírse aquel horrible grito, que acabó desvaneciéndose en una especie de gemido. Los pálidos rostros de los presos se asomaron tras los barrotes de las puertas de sus celdas, mirando perplejos y alarmados.

—Es ese chalado de la celda 13 —refunfuñó el alcaide.

Se detuvo y miró fijamente adentro, mientras uno de los carceleros enfocaba una linterna. El «chalado de la celda 13» yacía a pierna suelta en su cama, tendido hacia arriba con la boca abierta, roncando. Estaban aún contemplándolo cuando volvió a oírse el penetrante grito, procedente de arriba. El rostro del alcaide palideció ligeramente al tiempo que comenzaba a subir las escaleras. En la última planta encontró a un hombre acurrucado en un rincón de su celda, la número 43, situada exactamente sobre la celda 13, pero dos pisos más arriba.

—¿Qué sucede? —preguntó el alcaide.

—¡Gracias a Dios que ha venido usted! —exclamó el preso precipitándose hacia los barrotes de la puerta.

—¿Qué sucede? —insistió el alcaide.

Abrió la puerta de par en par. El preso cayó de rodillas, abrazándose al alcaide. Su rostro estaba pálido de terror, sus ojos amenazaban salírsele de las órbitas, y temblaba como un flan. Sus manos, frías como el hielo, asían las del alcaide.

—Sáqueme de esta celda, por favor, sáqueme —imploró.

—Pero, ¿qué le sucede? —insistió el alcaide impacientemente.

—He oído algo... ¡algo! —dijo el preso, y sus ojos erraron nerviosamente por la celda.

—¿Qué ha oído?

—No... no puedo decírselo —tartamudeó el infeliz. Luego, en un súbito arranque de terror—: Sáqueme de esta celda... Póngame en cualquier sitio..., pero sáqueme de aquí.

El alcaide y los tres carceleros intercambiaron una mirada.

—¿Quién es este hombre? ¿De qué se le acusa? —preguntó el alcaide.

—Se llama Joseph Ballard —dijo uno de los carceleros—. Se le acusa de haber arrojado ácido al rostro de una mujer, la cual murió a consecuencia de ello.

—Pero no pueden probarlo —jadeó el preso—. No pueden probarlo. Por favor, póngame en cualquier otra celda.

Continuaba aún agarrado al alcaide. Éste se desprendió rudamente de sus brazos y miró durante un rato al asustado miserable, que parecía poseído por todo el salvaje e irracional terror de un niño.

—Mire, Ballard —dijo el alcaide finalmente—, si ha oído usted algo, quiero saber qué es. Hable.

—No puedo, no puedo —sollozó el preso.

—¿De dónde procedía lo que ha oído?

—No lo sé. De todas partes... De ninguna. Simplemente, lo he oído.

—¿Qué era ... una voz?

—Por favor, no me haga responder —suplicó el preso.

—Debe responder.

—Era una voz... pero... pero no una voz humana —fue la sollozante respuesta.

—¿Voz, pero no humana? —repitió el alcaide, intrigado.

—Sonaba amortiguada y... y lejana... y fantasmal.

—¿Procedía de dentro o de fuera de la cárcel?

—No parecía venir de ninguna parte... Estaba justamente aquí, aquí y allí, en todas partes. La he oído. ¡La he oído!

Durante una hora el alcaide trató de sonsacarle, pero Ballard se había vuelto repentinamente obstinado y no parecía dispuesto a hablar. Sólo imploraba ser trasladado a otra celda, o que uno de los carceleros permaneciera junto a él hasta el amanecer. Estos ruegos fueron denegados con aspereza.

—Y téngalo presente —concluyó el alcaide—: si se repiten los gritos lo meteré en la celda acolchada.

El alcaide se dirigió seguidamente a su dormitorio, con la mente apresada en un torbellino de confusiones. Ballard permaneció sentado junto a la puerta de su celda hasta el amanecer, con el rostro contraído y demudado de terror, apretado contra los barrotes y mirando hacia fuera con ojos desorbitados.

Aquel día fue considerablemente animado para el preso voluntario, que pasó casi todo el tiempo junto a la pequeña ventana de su celda. Comenzó sus artimañas arrojando otro trozo de tela al guardia, que lo recogió sumisamente y lo llevó al alcaide. En él figuraba el siguiente escrito:

«Sólo tres días más.»

El alcaide no se sorprendió lo más mínimo por lo que leyó. Comprendió que La Máquina Pensante se refería a que sólo le quedaban tres días más de reclusión y consideró la nota como una bravata. Pero, ¿cómo había sido escrita? ¿De dónde había sacado La Máquina Pensante su nuevo pedazo de tela? ¿De dónde? ¿Cómo? Examinó atentamente el tejido. Era blanco, de textura fina, de género de camisería. Tomó la camisa que había quitado al profesor y cuidadosamente acopló los dos trozos originales del lienzo a los lugares desgarrados. Este tercer trozo sobraba por completo; no encajaba en ninguna parte y, no obstante, era inequívocamente del mismo género. «¿Y de dónde demonios sacará pluma y tinta con que escribir?», se preguntaba el alcaide en total desconcierto.

También en el cuarto día, La Máquina Pensante habló, a través de la ventana de su celda, al guardia armado de fuera.

—¿A qué día del mes estamos? —preguntó.

—A quince.

La Máquina Pensante hizo un somero cálculo mental astronómico, y le satisfizo el hecho de que la luna no saldría aquella noche hasta las nueve. Luego hizo otra pregunta:

—¿Quién se halla al cuidado de esos arcos de luces?

—Un empleado de la compañía eléctrica.

—¿No tienen electricistas aquí?

—No.

—Creo que ahorrarían dinero si dispusieran de su propio electricista.

—No es asunto mío.

Aquel día el guardia vio con frecuencia a La Máquina Pensante junto a la ventana de su celda, pero el rostro del científico adolecía de profunda apatía y había cierto aire soñador en los estrábicos ojos, detrás de los lentes. Pasado un tiempo, el vigilante aceptó la presencia de la leonina cabeza del preso como algo normal. Había visto hacer lo mismo a otros encarcelados; era la añoranza del mundo exterior.

Aquella tarde, justamente cuando el centinela de día iba a ser relevado, la cabeza volvió a aparecer en la ventana, y la mano de La Máquina Pensante sacó algo a través de los barrotes. Revoloteó hasta el suelo y el guardia lo recogió. Era un billete de cinco dólares.

—Es para usted —voceó el preso.

Como de costumbre, el guardia lo llevó al alcaide. Este digno caballero miró con desconfianza el billete; miraba con recelo todo cuanto viniera de la celda 13.

—Ha dicho que era para mí —explicó el guardia.

—Es una especie de propina, supongo —repuso el alcaide—. No veo ninguna particular razón por la que usted no debiera aceptar...

De repente se interrumpió. Acababa de recordar que La Máquina Pensante había ingresado en la celda 13 con un billete de cinco dólares y dos de diez dólares; veinticinco dólares en total. Ahora bien, un billete de cinco dólares había sido atado alrededor de uno de los primeros trozos de tela que salieron de la celda. El alcaide aún lo conservaba y, para quedarse convencido, lo sacó y lo contempló. Era de cinco dólares; sin embargo, tenía en sus manos otro billete de cinco dólares, y a La Máquina Pensante sólo le quedaban dos billetes de diez dólares.

—Tal vez alguien le ha cambiado los billetes —pensó, por fin, con un suspiro de alivio.

Pero inmediatamente tomó una drástica decisión. Registraría la celda 13 como jamás una celda había sido registrada en el mundo. Cuando un preso podía escribir a voluntad, cambiar dinero, y hacer otras cosas completamente inexplicables, decididamente algo no marchaba bien en la cárcel. Planeó entrar en la celda por la noche. Las tres sería una hora excelente. Aquel preso debía hacer todas aquellas cosas misteriosas alguna vez. La noche parecía el tiempo más propicio.

Fue así como aquella noche a las tres el alcaide se dirigió furtivamente a la celda 13. Se detuvo a la puerta y escuchó. No se oía ningún sonido, excepto la respiración continua y regular del preso. Las llaves abrieron la doble cerradura sin apenas rechinar y el alcaide entró. De repente, enfocó su linterna sobre el rostro de la figura acostada.

Si el alcaide había pensado sobresaltar a La Máquina Pensante estaba en un error, pues aquel individuo se limitó a abrir los ojos con calma, alcanzar sus lentes y preguntar en el tono más natural:

—¿Quién es?

Sería inútil describir el registro que hizo el alcaide. Fue mucho más que minucioso. Ni un centímetro de la celda o de la cama fue pasado por alto. Encontró el agujero redondo en el suelo, y en un arranque de inspiración introdujo sus gruesos dedos en él. Después de un momento de tanteo extrajo algo y lo miró a la luz de su linterna.

—¡Uf! —exclamó.

Lo que había sacado era una rata... una rata muerta. Su inspiración se disipó como la niebla al sol. Pero continuó el registro. La Máquina Pensante, sin decir palabra, se levantó y de un puntapié arrojó la rata fuera de la celda, al pasillo.

El alcaide se subió a la cama y probó los barrotes de acero de la diminuta ventana. Estaban sólidamente sujetos; otro tanto podía afirmarse de los barrotes de la puerta.

Acto seguido, el alcaide registró la vestimenta del preso, comenzando por los zapatos. ¡Nada oculto en ellos! A continuación el cinto. ¡Tampoco nada! Después los bolsillos de los pantalones. De uno de ellos sacó algunos billetes y los examinó.

—Cinco billetes de dólar —jadeó.

—Así es —dijo el preso.

—Pero el... usted tenía dos de diez y uno de cinco... lo que el... ¿Cómo se las ha arreglado para...?

—Es asunto mío —dijo La Máquina Pensante.

—Responda bajo su palabra de honor: ¿alguno de mis hombres le ha cambiado este dinero?

La Máquina Pensante titubeó sólo una fracción de segundo.

—No —respondió.

—Bien, ¿lo fabrica usted? —preguntó el alcaide. Estaba dispuesto a creer cualquier cosa.

—Es asunto mío —repitió el preso.

El alcaide miró ferozmente al eminente científico. Sentía —sabía— que aquel hombre le estaba tomando el pelo; sin embargo, no intuía cómo. Si fuera un verdadero preso le sacaría la verdad por las malas; pero quizá, en ese caso, aquellas cosas tan inexplicables que habían sucedido no se hubieran presentado ante él de modo tan ostensible. Ninguno de los dos hombres habló durante largo rato; luego, de repente, el alcaide se volvió bruscamente y salió de la celda dando un portazo.

Regresó a su dormitorio y echó una ojeada al reloj. Eran las cuatro menos diez. Apenas acababa de meterse en la cama, cuando se oyó el mismo grito desgarrador de la noche anterior, resonando en todos los rincones de la prisión. Mascullando entre dientes algunos vocablos poco elegantes, volvió a encender su linterna y se abalanzó nuevamente por los pasillos de la cárcel en dirección a la celda del piso superior.

Otra vez Ballard se apretaba contra la puerta de acero, chillando y volviendo a chillar con todas sus fuerzas. Sólo se detuvo cuando el alcaide enfocó su linterna dentro de la celda.

—¡Sáqueme, se lo suplico, sáqueme! —gritó—. ¡Lo hice, lo hice, sí, la maté! Líbreme de eso.

—¿Que le libre de qué?

—Arrojé ácido en su rostro... Lo hice... Confieso. Sáqueme de aquí.

El estado de Ballard era lastimoso; fue sólo un acto de piedad dejarle salir al corredor. Allí se acurrucó en un rincón, como un animal acorralado, y se apretó los oídos con las manos. Tardaron media hora en calmarlo lo suficiente para que pudiera hablar. Hizo un relato incoherente de lo sucedido. La noche anterior, a las cuatro, había oído una voz... una voz sepulcral, ahogada y gimiente.

—¿Qué decía? —inquirió el alcaide con curiosidad.

—¡Ácido... ácido... ácido! —jadeó el preso—. Me acusaba. ¡Ácido! Yo arrojé el ácido, y la mujer murió. ¡Oh! —el hilo de sus palabras se transformó en un prolongado y escalofriante lamento de terror.

—¿Ácido? —repitió el alcaide, desconcertado. No entendía nada.

—Ácido. Es todo cuanto oí... esa sola palabra, repetida varias veces. Hubo otras palabras, también, pero no las entendí...

—Eso fue ayer por la noche, ¿eh? ¿Qué ha sucedido esta noche... que le ha asustado hace unos momentos?

—Ha sido la misma cosa —respondió el preso sofocadamente—. ¡Ácido... ácido... ácido! —Se cubrió el rostro con las manos y se sentó temblando—. Fue ácido lo que eché sobre ella, pero no tenía intención de matarla. Esas palabras que he oído me acusaban... me acusaban —masculló algo y luego quedó silencioso.

—¿Ha oído algo más?

—Sí... pero no he podido entender... Sólo un poco... Únicamente dos o tres palabras.

—Bien, ¿qué era?

—He oído «ácido» tres veces, luego un sonido largo y gimiente, luego... luego... «sombrero del número 20». Eso lo he oído dos veces.

—«Sombrero del número 20» —repitió el alcaide—. ¡Qué diablos! «¿Sombrero del número 20?» Las voces acusadoras de la conciencia nunca han hablado de sombreros del número 20, que yo sepa.

—Está loco —concluyó uno de los carceleros.

—Lo mismo creo —dijo el alcaide—. Debe de estarlo. Probablemente ha oído algo y se ha asustado. Ahora está temblando. ¡Sombrero del número 20! ¡Qué...!

V

DURANTE el transcurso del quinto día de encierro de La Máquina Pensante el alcaide tenía aspecto de acorralado. Ansiaba que aquello terminara. No podía menos de pensar que su distinguido preso se había estado divirtiendo a su costa. Y si así era, La Máquina Pensante no había perdido nada de su sentido del humor. Pues este quinto día arrojó al centinela del patio una moneda de medio dólar y otra nota escrita en tela, con las siguientes palabras:

«Sólo dos días más.»

Ahora bien: el alcaide sabía —*sabía*— que el preso de la celda 13 no tenía ninguna moneda de medio dólar; *no podía* tener ninguna moneda de medio dólar, como tampoco pluma y tinta y tela, y, sin embargo, las tenía. Era un hecho, no una teoría; he aquí una razón por la que el alcaide tenía aspecto de acosado.

También le atormentaba tenazmente aquel espeluznante y esotérico asunto del «ácido» y el «sombrero del número 20». Estas cosas carecían de sentido, por supuesto; eran meros desvaríos de un asesino demente a quien el miedo había movido a confesar su crimen. Sin embargo, ¡tantas cosas «carentes de sentido» sucedían en la prisión desde que había llegado aquel extraño preso...!

El sexto día el alcaide recibió un telegrama en el que se le comunicaba que el doctor Ransome y el señor Fielding se presentarían en la prisión de Chisholm el día siguiente, jueves, por la noche, y que en el caso de que el profesor Van Dusen no se hubiera fugado aún —y ellos suponían que no, dado que no habían tenido noticias suyas— se reunirían con él allí.

—¡En el caso de que no se haya fugado! —el alcaide sonrió ferozmente—. ¡Fugado!

La Máquina Pensante amenizó aquel día al alcaide con tres notas. Estaban escritas sobre la habitual tela blanca y se referían, en términos generales, a la cita de las ocho y media de la noche del jueves, cita que el científico había fijado en el momento de su encarcelamiento, como se recordará.

El séptimo día por la tarde, el alcaide pasó frente a la celda 13 y echó una ojeada a su interior. La Máquina Pensante yacía sobre la cama de hierro, dormitando al parecer. La celda, a primera vista, tenía el aspecto de siempre. El alcaide hubiera jurado que nadie podría salir de ella entre aquella hora —eran entonces las cuatro— y las ocho y media de esa noche.

En su camino de regreso, al pasar junto a la celda, el alcaide volvió a oír la respiración acompasada, y acercándose a la puerta, miró adentro. No lo hubiera hecho si La Máquina Pensante hubiera podido verlo, pero en aquel momento... bien, era diferente.

Un rayo de luz penetró a través de la alta ventana y cayó sobre el rostro del durmiente. Por primera vez se le ocurrió al alcaide que su preso parecía ojeroso y cansado. En aquel momento La Máquina Pensante se movió ligeramente, y el alcaide, sintiéndose culpable, se alejó apresuradamente por el pasillo. Aquella tarde vio al carcelero después de las seis.

—¿Marcha todo bien en la celda 13? —preguntó.

—Sí señor —contestó el carcelero—, si bien el preso no ha comido mucho.

Con el sentimiento de haber cumplido su deber el alcaide recibió al doctor Ransome y al señor Fielding poco después de las siete. Pensaba mostrarles las notas escritas sobre tela y exponerles la historia completa de sus contratiempos, que no habían sido pocos. Pero antes de que esto viniera a suceder, entró en el despacho el centinela del costado de la cárcel correspondiente al lado del río.

—El arco eléctrico de mi lado del patio no se enciende —informó al alcaide.

—¡Maldita sea, ese hombre es un gafe! —tronó el alcaide—. Desde que entró aquí, están sucediendo todo tipo de percances.

El guardia regresó a su puesto en la oscuridad, y el alcaide telefoneó a la compañía eléctrica.

—Aquí la prisión de Chisholm —dijo a través del teléfono—. Envíen urgentemente tres o cuatro hombres para reparar un arco voltaico.

La respuesta fue evidentemente satisfactoria, pues el alcaide colgó el auricular y salió al patio. Mientras el doctor Ransome y el señor Fielding esperaban sentados, entró el centinela de la puerta exterior con una carta urgente. Casualmente, el doctor Ransome se fijó en la dirección, y cuando el guardia hubo salido, examinó la misiva con atención.

—¡Por San Jorge! —exclamó.

—¿Qué sucede? —quiso saber el señor Fielding.

Silenciosamente, el doctor le pasó la carta. El señor Fielding la examinó atentamente.

—Coincidencia —dijo—. Tiene que serlo.

Eran cerca de las ocho cuando el alcaide regresó a su despacho. Los electricistas habían llegado en una furgoneta y ya estaban trabajando. El alcaide presionó el timbre que comunicaba con el centinela de la entrada.

—¿Cuántos electricistas han llegado? —preguntó por el teléfono interior—. ¿Cuatro? ¿Tres obreros en ropas de trabajo y el encargado? ¿Levita y sombrero de seda? Está bien. Asegúrese de que salgan sólo cuatro. Nada más.

Se volvió al doctor Ransome y al señor Fielding, comentando:

—Debemos tener cuidado aquí... particularmente —y había patente sarcasmo en su tono— desde que tenemos científicos entre rejas.

Abrió con despreocupación la carta urgente.

—Cuando lea esto quiero decirles, caballeros, algo sobre cómo... ¡Por las barbas del gran César! —terminó súbitamente al leer la carta. Se quedó boquiabierto.

—¿De qué se trata? —preguntó el señor Fielding.

—Una carta urgente de la celda 13 —jadeó el alcaide—. Una invitación a cenar.

—¿Qué?

Los dos visitantes se levantaron al tiempo. El alcaide, aturdido, contempló la carta un momento; luego llamó con apremio a un guardia del pasillo.

—Baje corriendo a la celda 13 y vea si ese hombre está dentro.

El guardia marchó a cumplir la orden y, mientras, el doctor Ransome y el señor Fielding examinaron la carta.

—Es la letra de Van Dusen, no cabe la menor duda —observó el doctor Ransome—. La he visto sobradas veces.

Sonó el zumbido del teléfono conectado con la entrada, y el alcaide tomó el auricular.

—¡Diga! Dos periodistas, ¿eh? Déjelos pasar. —Se volvió hacia los visitantes—. ¡Bueno! Nuestro hombre *no puede* estar fuera. Tiene que estar en su celda.

En ese momento regresó el guardia.

—Sigue en su celda, señor —informó—. Lo he visto. Está acostado.

—¿Lo ven? Ya se lo había dicho a ustedes —dijo el alcaide, volviendo a respirar con alivio—. Pero, ¿cómo se las habrá arreglado para echar esta carta al correo?

Sonó un golpecito en la puerta de acero que comunicaba el patio de la cárcel con el despacho del alcaide.

—Son los periodistas —dijo el alcaide—. Hágalos pasar —ordenó al guardia; luego dijo a los otros dos caballeros—: No comenten nada de esto delante de ellos, pues nunca se sabe lo que puede suceder.

La puerta se abrió y entraron los dos hombres procedentes de la calle.

—Buenas noches, caballeros —dijo uno. Era el periodista Hutchinson Hatch, bien conocido por el alcaide.

—¿Y bien? —inquirió el segundo periodista, irritado—. Aquí estoy.

Era La Máquina Pensante.

Fijó su estrábica mirada, agresivamente, en el alcaide, que permanecía boquiabierto. El doctor Ransome y el señor Fielding reaccionaron con natural asombro, pero no conocían lo que sabía el alcaide. Ellos estaban asombrados; él, paralizado. Hutchinson Hatch, el periodista, entró en escena con ojos ávidos.

—¿Cómo... cómo... cómo lo ha hecho? —jadeó el alcaide, por fin.

—Vayamos a la celda 13 —dijo La Máquina Pensante con la irritada voz que sus colegas conocían tan bien.

El alcaide, que parecía estar hipnotizado, encabezó la marcha.

—Enfoque su linterna ahí dentro —indicó La Máquina Pensante.

El alcaide así lo hizo. No había nada desacostumbrado en el aspecto de la celda, y allí.., allí en la cama yacía la figura de La Máquina Pensante. ¡Ciertamente! ¡Allí estaba el pelo amarillo! El alcaide miró otra vez al hombre situado junto a él, maravillado por aquello que creía estar soñando.

Abrió la puerta de la celda con manos temblorosas y La Máquina Pensante pasó adentro.

—Miren aquí —dijo.

Dio puntapiés a los barrotes de acero de la parte inferior de la puerta y tres de ellos se apartaron. Un cuarto se rompió y rodó por el pasillo.

—Y aquí también —indicó el ex prisionero tras subir a la cama para alcanzar la pequeña ventana. Pasó la mano por la reja y saltaron todos los barrotes.

—¿Qué es eso de la cama? —preguntó el alcaide, que se iba recobrando lentamente.

—Una peluca —fue la respuesta—. Levante la colcha.

El alcaide así lo hizo. Bajo la tela había un gran rollo de cuerda fuerte, de al menos diez metros, una daga, tres limas, tres metros de cable eléctrico, unos alicates finos y fuertes, un pequeño martillo con su mango y... una pistola Derringer (1).

—¿Cómo lo ha conseguido? —preguntó el alcaide.

---

(1) Pistola de duelo caracterizada por su pequeño tamaño.

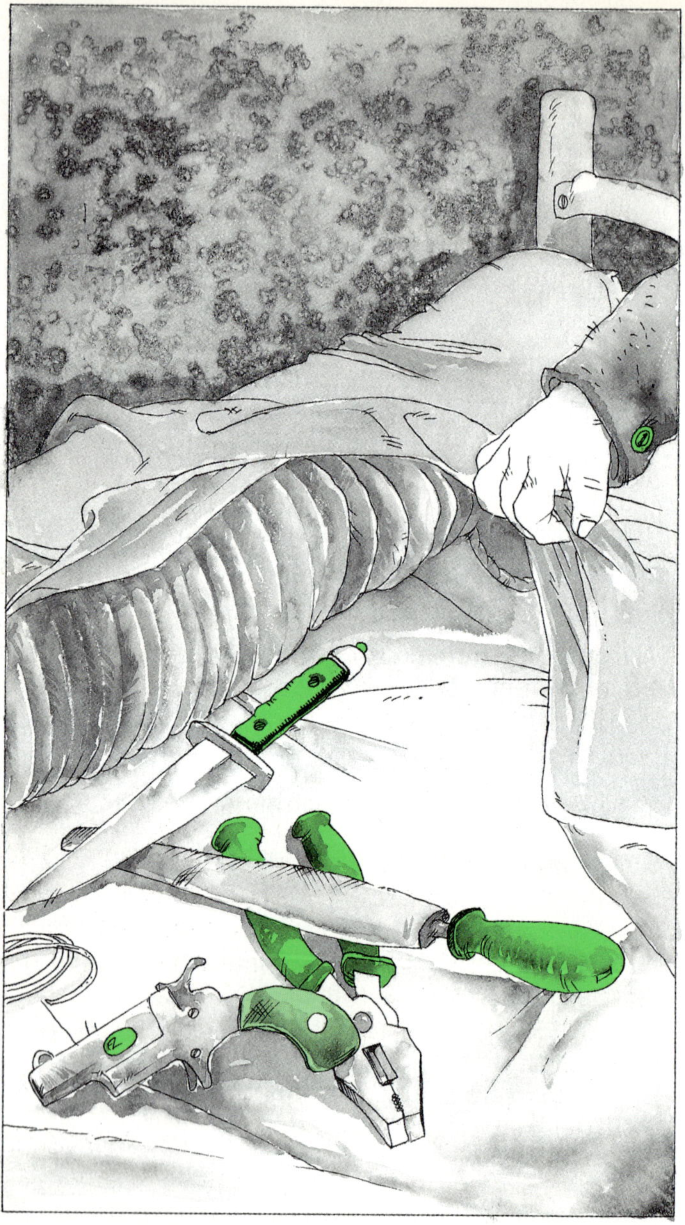

—Ustedes, caballeros, tienen una cita para cenar conmigo a las nueve y media —dijo La Máquina Pensante—. Vamos, o llegaremos tarde.

—Pero ¿cómo lo ha conseguido? —insistió el alcaide.

—Nunca crea poder retener a ningún hombre capaz de usar su inteligencia —dijo el científico—. Vamos, o llegaremos tarde.

INVITACIÓN AL LECTOR

Amigo lector, tienes ahora una oportunidad de ejercer tus dotes de detective. En este momento, dispones de todos los datos necesarios para explicar cómo logró La Máquina Pensante fugarse de la celda 13. Ninguna información necesaria te ha sido ocultada. Ninguno de los carceleros ni de los centinelas es cómplice del profesor Van Dusen. Está descartada la solución del hipnotismo. Aplicando tus facultades de raciocinio deberías poder responder a las siguientes preguntas:

1. *¿Qué significaba el mensaje cifrado escrito por La Máquina Pensante en un trozo de tela? Te recordamos su texto:* Rapac seosn eipe uqne odo mles eon ets. «E». *La clave es muy simple, y ha sido adaptada al idioma castellano.*

2. *¿Qué utilizó La Máquina Pensante como pluma y como tinta?*

3. *¿Dónde obtuvo la tela blanca para los mensajes, una vez que fue desposeído de la camisa de este color?*

4. *¿Cómo consiguió el segundo billete de cinco dólares, los cinco billetes de dólar, la cuerda, la daga, las limas, el cable, los alicates, el martillo y la pistola, sin la ayuda de los carceleros?*

5. *Finalmente, ¿cómo salió de la prisión?*

Esta narración fue publicada por vez primera en el periódico «Boston American», en seis partes. El primer episodio vio la luz el 30 de octubre de 1905, lunes; los cinco restantes salieron en días sucesivos, a excepción del último, que en vez de publicarse el sábado, lo hizo el domingo. Se ofrecieron cien dólares en premios a los lectores que anticipasen las mejores soluciones al problema planteado en el relato.

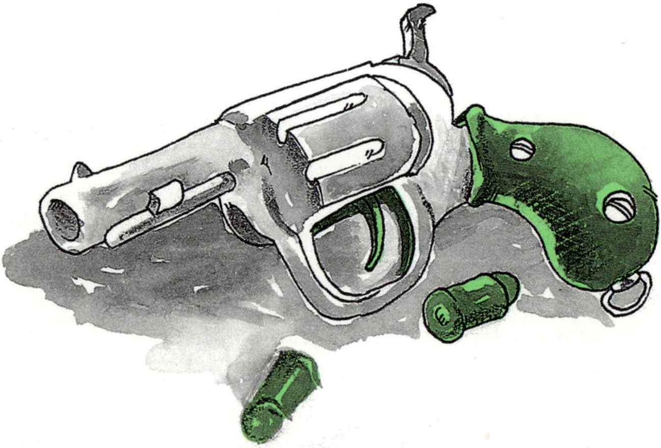

VI

LA cena que tuvo lugar en la casa del profesor Van Dusen fue impaciente y algo silenciosa. Los invitados eran el doctor Ransome, Albert Fielding, el alcaide y Hutchinson Hatch, periodista. El menú fue servido con rigurosa puntualidad, de acuerdo con las instrucciones dadas por el profesor una semana antes; el doctor Ransome encontró deliciosas las alcachofas. Acabada la cena, La Máquina Pensante se encaró con este último, mirándolo fieramente.

—¿Lo cree ahora? —inquirió.

—Lo creo.

—¿Admite que la prueba ha sido limpia?

—Lo admito.

Esperaba ansiosamente la explicación, al igual que los otros invitados, particularmente el alcaide.

—¿Y si nos dijera cómo...? —comenzó el señor Fielding.

—Sí, díganos cómo —dijo el alcaide.

La Máquina Pensante se acomodó las gafas, dirigió un par de miradas estrábicas a sus oyentes y comenzó la historia. La narró desde el principio, en orden lógico; y ningún hombre habló jamás a oyentes más interesados.

—Me comprometí —comenzó— a entrar en una celda, llevando sólo lo imprescindible, y salir de dicha celda en el plazo de una semana. Nunca había visto la cárcel de Chisholm. Cuando iba a entrar en la celda pedí polvo dentífrico, dos billetes de diez dólares y uno de cinco, y también que me lustrasen los zapatos. Pero aun en el caso de que esos pedidos me hubieran sido negados, no hubiera importado seriamente. Sin embargo, ustedes accedieron a concedérmelos.

«Sabía que no habría en la celda nada de lo que ustedes pensaran que yo pudiera sacar provecho. Así que, cuando el alcaide cerró la puerta ante mí, yo me encontraba al parecer desamparado, a menos que pudiera convertir en útiles tres cosas de apariencia inocente. Eran cosas que se hubieran permitido a cualquier preso bajo sentencia de muerte, ¿no es así, alcaide?»

—Polvo dentífrico y los zapatos lustrados, sí, pero dinero no —respondió el alcaide.

—Cualquier cosa es peligrosa en manos de un hombre que sepa usarla —prosiguió La Máquina Pensante—. Aquella primera noche no hice otra cosa que dormir y cazar ratas. La mañana siguiente, a la seis, me despertó el carcelero con mi desayuno. Me dijo que la comida era a las doce y la cena a las seis. Presumí que, entre esas horas, dispondría ampliamente de aislamiento. Después del desayuno examiné las inmediaciones de mi celda a través de la ventana. Una mirada me hizo comprender que sería inútil intentar escalar la tapia, aun en el caso de que decidiese escapar por la ventana. No es que me hubiera resultado imposible escalar la tapia, sino que hubiera necesitado excesivo tiempo para trazar mis planes en ese sentido. Merecía la pena estudiar otras posibilidades.

«Mediante esta primera observación del exterior supe que el río estaba de aquel lado de la cárcel y que también había un campo de juegos allí. Posteriormente estas conjeturas me fueron confirmadas por un guardia. Sabía entonces algo importante: que, en caso necesario, cualquiera podría acercarse a la tapia de la cárcel por aquel lado sin llamar especialmente la atención. Era interesante destacar ese dato, y lo tuve en cuenta.

Pero lo que más me llamó la atención del exterior, fue el cable que llevaba la corriente al arco eléctrico y que pasaba a corta distancia —probablemente un metro— de la ventana de mi celda. Sabía que esta circunstancia sería valiosa en el caso de que encontrara necesario cortar la corriente de aquel arco.»

—¡Oh! ¿Fue usted quien lo apagó, entonces? —preguntó el alcaide.

—Habiéndome percatado de todo cuanto pude desde esa ventana —continuó La Máquina Pensante sin hacer caso de la interrupción— consideré la posibilidad de escapar a través de la propia prisión. Recordé cómo había llegado a la celda, por el que sabía que sería el único camino. Siete puertas se interponían entre mí y el exterior. Así que, también por entonces, desistí de la idea de escapar por aquel camino. Y no podía pasar a través de las sólidas paredes de granito de la celda.

La Máquina Pensante hizo una breve pausa, aprovechada por el doctor Ransome para encender un nuevo cigarro puro. Hubo silencio durante varios minutos; luego el científico evasor prosiguió:

—Mientras hacía estas cavilaciones, una rata pasó corriendo sobre mi pie. Ello me llevó a una nueva línea de pensamiento. Había al menos media docena de pequeñas ratas en la celda. Podía ver sus ojos relucientes. Sin embargo, no había visto entrar ninguna por debajo de la puerta de la celda. Las asusté a propósito y observé la puerta para ver si salían por allí. No lo hicieron, pero desaparecieron. Era obvio que se habían marchado por otro camino. Otro camino implicaba otra abertura.

«Busqué esa abertura y la encontré. Era la boca de una vieja cañería de desagüe, que no se usaba desde hacía largo tiempo y que estaba parcialmente obstruida por el polvo y la suciedad. Pero éste era el camino que las ratas habían tomado. Venían de alguna parte. ¿De dónde? Las cañerías de desagüe generalmente van a parar fuera de los terrenos del edificio. Ésta probablemente llegaba al río, o cerca de él. Por consiguiente, las ratas debían de venir de esa dirección. Si recorrían parte del trayecto, deduje que recorrían todo él, pues era extremadamente improbable que una cañería sólida de hierro o de plomo tuviese algún agujero excepto el de salida.

»Cuando el carcelero vino con mi comida me dijo, sin saberlo, dos cosas importantes. Una era que un nuevo sistema de cañerías había sido instalado en la prisión hacía siete años; otra que el río se encontraba sólo a cien metros. Supe positivamente que la tubería formaba parte de una vieja instalación; supe también que, en general, se dirigía hacia el río. Pero, ¿terminaba en el agua o en tierra?

»Ésta era la siguiente cuestión a resolver. La resolví capturando varias ratas de la celda. Mi carcelero se sorprendió al verme ocupado en esta labor. Examiné al menos una docena de ellas. Estaban completamente secas. Habían venido por la tubería y, lo más importante de todo, *no eran ratas domésticas, sino de campo.* El otro extremo de la cañería estaba, pues, en tierra, fuera de los muros de la cárcel. Hasta aquí todo iba bien.

»Entonces comprendí que si quería trabajar con libertad a partir de este punto debía atraer la atención del alcaide en otra dirección. Compréndanlo, cuando dijeron que yo había venido allí para fugarme hicieron más difícil la prueba, pues tuve que engañarlo con pistas falsas.»

El alcaide levantó los ojos con expresión triste.

—Lo primero fue hacerle creer que trataba de comunicarme con usted, doctor Ransome. Así que escribí una nota en un trozo de tela que arranqué de mi camisa, la dirigí al doctor Ransome, até alrededor un billete de cinco dólares y la arrojé por la ventana. Sabía que el guardia la llevaría al alcaide, aunque no esperaba que el alcaide la hiciera llegar a la persona a quien iba dirigida. ¿Tiene usted esa primera nota, alcaide?

El alcaide sacó el mensaje cifrado.

—¿Qué diablos significa? —preguntó.

—Léalo al revés, comenzando por la «E» de la firma y sin considerar la separación de las palabras —indicó La Máquina Pensante.

El alcaide así lo hizo. Así, el texto cifrado —*Rapac seosn eipe uqne odo mles eon ets. «É.»* —adquirió el siguiente sentido:

Éste no es el modo en que pienso escapar.

—Y bien, ¿qué pretendía usted con esto? —inquirió el funcionario de prisiones mostrando aún los dientes.

—Sabía que distraería su atención, como en efecto lo hizo —dijo La Máquina Pensante—, y si realmente descifraba el mensaje, éste no pasaría de ser un suave reproche.

—¿Con qué escribió usted? —preguntó el doctor Ransome después de examinar el lienzo y pasarlo al señor Fielding.

—Con esto —dijo el ex prisionero, y tendió el pie. En él llevaba el zapato que había usado en la prisión, aunque ahora carecía de betún. Éste había sido raspado—. El lustre de los zapatos, humedecido con agua, era mi tinta; el herrete del cordón del zapato hacía las veces de pluma bastante buena.

El alcaide levantó la mirada y estalló de repente en una carcajada, mitad de alivio, mitad de regocijo.

—Es usted único —exclamó con admiración—. Continúe.

—Eso precipitó un registro de mi celda por el alcaide, como yo me había propuesto —continuó La Máquina Pensante—. Deseaba hacer que el alcaide adquiriera el hábito de registrar mi celda, para que finalmente, no hallando nunca nada, terminase asqueado y desistiera. Y eso fue lo que sucedió.

Al alcaide se le subieron los colores.

—Entonces se llevó mi camisa blanca y me dio una de presidiario. Quedó convencido de que aquellos dos trozos eran todo lo que faltaba a la camisa. Pero mientras estaba registrando mi celda yo tenía otra parte de la misma camisa, de unos sesenta centímetros cuadrados, hecha una pelotita en mi boca.

—¿Sesenta centímetros cuadrados de aquella camisa? —inquirió el alcaide—. ¿De dónde salieron?

—Las pecheras de todas las camisas blancas almidonadas son de triple grosor —fue la explicación—. Arranqué la tela interior, dejando en la pechera sólo doble tela. Sabía que usted no lo notaría. ¡Qué le vamos a hacer!

El alcaide miró a los presentes de uno en uno con sonrisa ovejuna.

—Habiéndome desembarazado por el momento del alcaide dándole algo más en qué pensar, di mi primer paso serio hacia la libertad —siguió el profesor Van Dusen—. Tenía mis razones para creer que la tubería iba a parar a algún lugar del campo de juegos del exterior; sabía que gran cantidad de muchachos jugaban allí; sabía que las ratas venían de allí a mi celda. ¿Podría comunicarme con alguien del exterior con estos elementos a mi alcance?

«Vi que lo primero que necesitaba era un hilo largo y lo bastante resistente, así que... fíjense —se subió las perneras del pantalón y dejó ver que las partes superiores de ambos calcetines, de lino fuerte, habían desaparecido—. Los deshice (una vez comenzada, la labor no fue difícil) y obtuve con facilidad unos cuatrocientos metros de hilo en el que podía confiar.

»Escribí entonces, en la mitad de la tela blanca que me quedaba y con bastante laboriosidad, una carta exponiendo mi situación al caballero aquí presente —indicó a Hutchinson Hatch—. Sabía que me ayudaría... debido al valor del reportaje periodístico, pues ya saben ustedes que el plato fuerte de los periódicos de masas es el sensacionalismo. Amarré firmemente a esta carta un billete de diez dólares (no hay modo más seguro de atraer la mirada de cualquiera) y escribí en el tejido: "Quien encuentre esto, entréguelo a Hutchinson Hatch, en el *Diario Americano,* quien dará otros diez dólares por la información."

»A continuación, había que hacer llegar la nota al exterior, a aquel campo de juegos, donde podía ser hallada por un muchacho. Había dos procedimientos, pero elegí el mejor. Atrapé una de las ratas (me había hecho un experto en su captura), amarré firmemente la tela y el dinero a una pata, anudé el hilo de lino a otra y la solté por la cañería. De acuerdo con mis razonamientos, el natural miedo del roedor le haría correr hasta salir de la tubería, y luego, fuera sobre la tierra, probablemente se detendría para desprenderse con sus dientes de la tela y del dinero.

»A partir del momento en que la rata desapareció por aquella polvorienta tubería fui presa de ansiedad. Me exponía a tantos riesgos... La rata podía roer el hilo del cual sostenía un extremo; otras ratas podían roerlo; cabía la posibilidad de que la rata saliera de la cañería y dejara la tela y el dinero donde nunca pudieran ser encontrados; otros mil percances podían suceder. Transcurrieron así unas horas de nerviosismo, pero el hecho de que la rata continuase corriendo hasta que sólo quedaran unos pocos metros de hilo en mi celda, me hacía creer que estaba ya fuera de la tubería. Había dado cuidadosas instrucciones al señor Hatch sobre lo que debía hacer en caso de que la nota llegara a su poder. La cuestión era: ¿llegaría?

»Hecho esto, lo único que me restaba era esperar y hacer otros planes para el caso de que éste fallase. Intenté abiertamente sobornar a mi carcelero, y supe por él que sólo guardaba las llaves de dos de las siete puertas que se interponían entre la libertad y mi cautiverio. Luego hice otra cosa para poner nervioso al alcaide. Quité las chapas de acero de los tacones de los zapatos y fingí serrar los barrotes de la ventana. El alcaide armó un buen revuelo al saberlo. Además, desarrolló el hábito de sacudir los barrotes de mi celda para comprobar si estaban firmes. Lo estaban... entonces.»

El alcaide volvió a sonreír. Había cesado de asombrarse.

—No podía saber si mi nota había sido entregada —siguió el científico—, ni siquiera si había sido hallada, o si la rata se la había comido. Y no me atrevía a tirar, a través de la cañería, de aquel delgado hilo que me unía con el exterior.

«Cuando me acosté aquella noche no dormí, por temor a no percatarme del leve tirón del hilo que sería la señal de que el señor Hatch había recibido la nota. Creo que eran las tres y media de la madrugada cuando sentí ese tirón, y ningún preso recibió nunca algo con mayor alegría.»

La Máquina Pensante se detuvo y se volvió hacia el periodista, diciéndole:

—Será mejor que usted mismo explique lo que hizo.

—La nota escrita en tela me fue entregada por un muchacho que había estado jugando al béisbol —dijo el señor Hatch—. Vi inmediatamente un gran reportaje en perspectiva, así que di otros diez dólares al muchacho y me procuré varios carretes de seda y de bramante resistente, así como un rollo de alambre ligero y flexible. La nota del profesor sugería que pidiese al portador de la nota que me mostrase el lugar exacto donde la había recogido, y me sugería que empezase mi búsqueda a partir de allí, comenzando a las dos de la madrugada. Si encontraba el otro cabo del hilo debía tirar de él suavemente tres veces, y, después de una pausa, una cuarta vez.

»Inicié la búsqueda con una pequeña linterna. Transcurrieron una hora y veinte minutos antes de que encontrase la boca de la cañería de desagüe, medio escondida en la maleza. La tubería era muy ancha allí, con un diámetro de unos treinta centímetros. Encontré el cabo del hilo de lino, tiré de él cumpliendo sus instrucciones y seguidamente me llegó un tirón de respuesta.

»Até un largo hilo de seda (1) al hilo de lino, y el profesor Van Dusen comenzó a tirar de él, introduciéndolo en su celda. Casi sufrí un colapso por miedo de que el lino se rompiese. Anudé el bramante al extremo del hilo de seda y, cuando hubo sido introducido, empalmé el alambre. Seguidamente, éste fue arrastrado dentro de la tubería. Disponíamos así de una línea de conexión que las ratas no podían roer y que iba desde la boca de la cañería hasta la celda.»

La Máquina Pensante levantó la mano y Hatch se detuvo.

—Todo esto fue hecho en absoluto silencio —dijo el científico—, si bien estuve a punto de gritar cuando el alambre llegó a mi mano. A continuación realizamos otro experimento, para el cual el señor Hatch estaba

(1) El hilo de seda es fino y ligero, pero bastante resistente.

preparado. Probé la tubería como transmisora del habla. Ninguno de nosotros podía oír con claridad, y además no me atrevía a hablar mucho por temor a atraer la atención en la cárcel. Por fin hice comprender al señor Hatch lo que necesitaba de inmediato. Al parecer, tuvo gran dificultad en entenderme cuando pedí ácido nítrico, y repetí la palabra «ácido» varias veces.

«Oí entonces un chillido procedente de una celda situada sobre mí. Comprendí al instante que alguien había acertado a oírnos, y cuando le sentí a usted venir, señor alcaide, fingí dormir. Si hubiera entrado en mi celda en ese momento, todo aquel plan de fuga hubiese acabado allí. Pero pasó usted de largo. Fue entonces, desde luego, cuando estuve más cerca de ser atrapado.

»Habiendo establecido esta línea de comunicación improvisada, es fácil comprender de qué modo me procuraba objetos en la celda y los hacía desaparecer a voluntad. Simplemente los dejaba caer de nuevo en la tubería. Usted, señor alcaide, no hubiera podido alcanzar el alambre de comunicación con sus dedos; son demasiado gruesos. Mis dedos, ¿ve usted?, son más largos y más delgados. Además, guardaba la boca de aquella cañería con una rata... Usted recuerda cómo estaba esta rata.»

—Lo recuerdo —afirmó el alcaide haciendo una mueca.

—Pensé que si alguien se sentía tentado de registrar aquel agujero, la rata hubiera atemperado su temor. El señor Hatch no podía mandarme nada útil a través de la tubería hasta la noche siguiente, si bien sí me envió, como prueba, el cambio de diez dólares, así que procedí a realizar otras partes de mi plan. Ideé entonces el método de fuga que finalmente empleé.

«A fin de llevarlo a cabo con éxito, era necesario que el centinela del patio se acostumbrase a verme en la ventana de la celda. Lo conseguí dejándole caer notas escritas en tela, en tono jactancioso, para hacer creer al alcaide, si era posible, que uno de sus subordinados me mantenía en contacto con el exterior. Permanecía en la ventana durante horas mirando afuera, de modo que el centinela pudiera verme, y en alguna que otra ocasión le dirigí la palabra. De ese modo, me enteré de que la cárcel no disponía de electricistas propios, sino que dependía de la compañía eléctrica en caso de que hubiese alguna avería.

»Eso despejó el camino a la libertad. Al anochecer del último día de mi encarcelamiento, cuando hubo oscurecido, planeé cortar el cable de alimentación que se encontraba sólo a un metro de mi ventana, alcanzándolo con un alambre que tenía preparado con la punta untada de ácido. Eso dejaría aquel costado de la prisión completamente a oscuras, mientras los electricistas trataban de localizar la avería. Eso también haría venir al señor Hatch al patio de la prisión.

»Sólo me quedaba una cosa por hacer antes de pasar directamente a la tarea de libertarme: concertar los detalles finales con el señor Hatch a través de nuestro tubo acústico. Hice esto una media hora después que el alcaide saliera de mi celda, la cuarta noche de mi reclusión. El señor Hatch volvió a tener serias dificultades en comprenderme, y le repetí la palabra «ácido» varias veces, y más tarde las palabras «sombrero del número 20» (es mi talla). Según me contó uno de los carceleros al día siguiente, fueron estas palabras la causa de que un preso de la planta superior confesara un asesinato. Debió oír nuestras voces, confusamente, a través de la cañería, que también llegaba a su celda. La celda situada directamente sobre mí estaba desocupada, por lo que nadie más nos oyó.

»La tarea en sí de cortar los barrotes de acero de la ventana y de la puerta fue bastante fácil usando el ácido nítrico, que obtuve a través de la tubería en envases delgados; pero llevó su tiempo. Hora tras hora durante el quinto, sexto y séptimo día, el centinela de abajo me contemplaba mientras yo trabajaba en los barrotes de la ventana con un trozo de alambre mojado en ácido. Utilicé el polvo dentífrico para evitar que se extendiese el ácido. Miraba hacia fuera abstraídamente mientras trabajaba, y, minuto a minuto, el ácido iba haciendo un corte cada vez más profundo en el metal. Observé que los carceleros probaban siempre la puerta sacudiendo la parte superior, nunca los barrotes inferiores, por lo que corté estos últimos, dejándolos en su sitio colgando de finas tiras de metal. Mas, hasta cierto punto, aquello no pasaba de ser una temeraria diablura. No podía huir por allí tan fácilmente.»

La Máquina Pensante permaneció silencioso durante varios minutos.

—Creo que esto lo aclara todo —prosiguió —. Cualquier otro punto que no haya explicado fue meramente un acto para confundir al alcaide y los carceleros. Las cosas que había en mi cama las introduje para complacer al señor Hatch, que quería mejorar mi historia. Por supuesto, la peluca era necesaria en mi plan. La carta urgente la escribí junto con sus señas en mi celda, con la estilográfica del señor Hatch; luego se la hice llegar y él la echó al correo. Eso es todo, creo.

—Pero, ¿cómo salió realmente de la cárcel? —preguntó el alcaide.

—Fue muy sencillo. Corté el cable de la luz con ácido, como dije, cuando el arco no estaba encendido. Por consiguiente, cuando fue conectada la corriente, el arco no se iluminó. Sabía que requeriría algún tiempo localizar la avería y hacer las reparaciones. Cuando el guarda fue a darle el informe, señor alcaide, el patio estaba a oscuras. Me deslicé al exterior por la ventana (que resultó ser muy estrecha, por cierto), volví a colocar los barrotes en su sitio, sosteniéndome sobre una estrecha cornisa, y permanecí en la sombra hasta que llegó el equipo de electricistas. El señor Hatch era uno de ellos.

«Cuando le vi, le hablé y me dio una gorra, un jersey y un mono, que me puse a menos de tres metros de usted, señor alcaide, cuando se encontraba en el patio. Luego, el señor Hatch me llamó como si yo fuese un obrero más, y juntos salimos por la puerta con el pretexto de ir a coger algo de la furgoneta. El centinela de la puerta nos dejó pasar afuera sin ningún inconveniente, como a dos obreros que acababan de entrar. Cambiamos nuestras ropas y nos presentamos de nuevo, pidiendo verle a usted. Y le vimos. Eso es todo.»

Siguió un silencio de varios minutos, roto finalmente por el doctor Ransome.

—¡Maravilloso! —exclamó—. Completamente asombroso.

—¿Cómo fue que el señor Hatch vino con los electricistas? —preguntó el señor Fielding.

—Su padre es gerente de la compañía —respondió La Máquina Pensante—. Teniendo en cuenta ese factor, fue él, de entre los reporteros que conozco, el elegido por mí como colaborador.

—Pero, ¿y si afuera no hubiera habido ningún reportero para ayudarlo?

—Todo preso tiene fuera un amigo que lo ayudaría a fugarse si pudiera.

—Suponga (sólo suponga) que no hubiera habido ninguna vieja instalación de cañerías allí —propuso el alcaide con curiosidad.

—Había otros dos modos de salir —dijo La Máquina Pensante enigmáticamente.

Diez minutos después sonó el timbre del teléfono. Era una llamada para el alcaide.

—Así que la luz está ya bien, ¿eh? —dijo el alcaide por el teléfono—. Bien... ¿El cable cortado junto a la celda 13? Sí, ya lo sabía... ¿Un electricista de más? ¿Cómo es eso? ¿Salieron dos?

El alcaide se volvió hacia los presentes con expresión intrigada.

—Sólo dejó entrar cuatro electricistas. Tiene que dejar salir dos y dice que quedan tres.

—Yo era el sobrante —dijo La Máquina Pensante.

—¡Oh! —exclamó el alcaide—. Ya entiendo —y ordenó por el teléfono—: Deje salir al quinto electricista. No hay nada contra él.

Fin

2 El adivino de la bola de cristal

I

UN Buda de ojos saltones y repulsivos permanecía sentado sobre un pedestal, mirando impasible la semioscuridad. Su mirada muerta contemplaba, a la vacilante luz de una lámpara de pavo real que se cernía desde el techo con las alas extendidas, lo que parecía ser el aposento de un palacio de la India Oriental. Colgaban cortinajes aquí y allá; había por doquier divanes profusamente bordados; pieles de feroces tigres relumbraban amenazadoramente en el suelo; grotescos ídolos sonreían melancólicamente en los rincones más inesperados; extrañas armas se agrupaban en las paredes. El estruendo de los tranvías llegaba, irreverente, desde el exterior.

La única figura humana que había en la estancia marcaba una visible contradicción con todo lo que le rodeaba. Era un hombre vestido con traje de etiqueta, y estaba fumando. Tendría más de cincuenta años, quizá sesenta, y su rostro presentaba un tono sonrosado, característico de quienes han vivido largo tiempo al aire libre. Había sólo una pincelada de gris en su abundante pelo y en su bigote. Sus ojos eran firmes, claros, indolentes.

Permaneció largo rato sentado; luego las cortinas situadas a su derecha se separaron para dar paso a una muchacha. A diferencia del hombre, la recién llegada sí encajaba en el decorado de la habitación. Su lustroso pelo negro caía en cascada sobre sus hombros; oscuros misterios yacían en sus ojos. Su ropa era típicamente oriental. Se mantuvo inmóvil durante unos momentos, mirando al hombre, y a continuación avanzó con paso ligero.

—*Sahib* (1) Varick —dijo tímidamente a guisa de saludo—. ¿Interrumpo? —su voz era suavemente gutural y estaba impregnada del acento de su lengua nativa.

—¡Oh! no, Jadeh. Adelante.

Ella sonrió abiertamente y se sentó en un cojín junto a él, preguntando:

—¿Y mi hermano?

—Está en la camareta (2).

Varick únicamente dedicó a la joven una mirada superficial, sumiéndose seguidamente en su pensativa contemplación del vacío. De vez en cuando ella le dirigía una mirada tímida y ligeramente ansiosa, pero el hombre no le dedicó por ello mayor atención. Los pensamientos de Varick estaban lejanos.

---

(1) Voz árabe que significa «señor», «dueño». Se empleaba en la India para designar a los europeos (en especial, a los ingleses), como fórmula de respeto; cuando se aplica a los hindúes de alta categoría, es un honor que se añade a sus títulos.

(2) Diminutivo de cámara.

—¿Puedo preguntarte qué te ha traído esta vez, *sahib*? —preguntó ella por fin.

—Una pequeña operación de Bolsa —respondió Varick descuidadamente—. Parece que el asunto ha intrigado a Adhem tanto como a mí. Lleva ya media hora en la camareta.

Miró fijamente al vacío mientras fumaba abstraídamente; luego posó los ojos sobre la menuda y grácil figura de Jadeh. La joven permanecía recostada sobre el cojín, profundamente pensativa. Tenía las manos agarradas a las rodillas, y su rostro, vuelto hacia arriba, recibía directamente la parpadeante luz de la lámpara. Por la mente de Varick cruzó el pensamiento de que era bonita, y estaba a punto de decírselo, como se lo hubiera dicho a cualquier otra mujer, cuando las cortinas que colgaban detrás de él se descorrieron. Ambos volvieron la mirada.

Entró un indio oriental. Era Adhem Singh, el adivino que leía el futuro en bolas de cristal, ataviado con las ostentosas ropas propias de su profesión. Su vigoroso rostro reflejaba una honda preocupación.

—¿Y bien, Adhem? —inquirió Varick.

—He visto cosas extrañas, *sahib* —dijo el adivino solemnemente—. El cristal me habla de peligro.

—¿Peligro? —repitió Varick enarcando ligeramente las cejas—. ¡Oh! bien, en ese caso me guardaré de él.

—No se trata de peligro para tus negocios, *sahib,* sino de otra clase de peligro.

La muchacha, Jadeh, miró rápidamente al adivino con ojos asustados y formuló una pregunta en su idioma nativo. Él respondió en la misma lengua, y ella se levantó bruscamente con el rostro convulsionado por el terror, para arrojarse a los pies de Varick, sollozando. Varick pareció comprender también, y miró al adivino aprensivamente.

—¿Muerte? —exclamó—. ¿Qué quieres decir?

Adhem guardó un breve silencio al tiempo que inclinaba respetuosamente la cabeza ante la firme e inquisitiva mirada del hombre blanco.

—Perdona, *sahib* —dijo por fin—. No recordaba que entiendes mi idioma.

—¿De qué se trata? —insistió Varick—. Dímelo.

—No puedo, *sahib.*

—Debes hacerlo —declaró el otro. Se había levantado imperativamente—. Debes decírmelo.

El adivino se le acercó y permaneció durante un instante con la mano apoyada en el hombro del hombre blanco, a la vez que sus ojos estudiaban el miedo que afloraba al rostro de éste.

—El cristal, *sahib* —comenzó—. Me dice que... que...

—No, no, hermano —suplicó la muchacha.

—Continúa —ordenó Varick.

—Me aflige decir algo tan cruel a una persona como tú, a quien tanto aprecio —dijo el adivino lentamente—. Quizá sería mejor que lo vieras por ti mismo.

—Bien, permíteme entonces que lo vea. ¿Está en el cristal?

—Sí, por la gracia de los dioses.

—Pero yo no soy capaz de ver nada ahí —recordó Varick—. Lo he intentado montones de veces.

—Creo que esta vez será diferente, *sahib* —replicó Adhem con calma—. ¿Te sientes dispuesto a recibir una impresión fuerte?

Varick se revolvió, algo impaciente.

—Por supuesto —contestó—. Sí, claro que sí.

—¿Una impresión extraordinariamente mayor de lo normal?

—Sí, estoy dispuesto a resistir cualquier sensación —repuso Varick secamente —. ¿De qué se trata? Déjame mirar.

Caminó a zancadas hacia la parte de las cortinas por donde había entrado Adhem, mientras la arrodillada muchacha trataba de detenerlo con manos suplicantes.

—No, no, no —rogaba la joven—. ¡No!

—No te interpongas —reconvino Varick, molesto; pero, inclinándose suavemente, la alzó hasta ponerla de pie—. No soy un niño... ni un idiota.

Apartó las cortinas. Cuando caían suavemente a sus espaldas oyó un desgarrador sollozo de Jadeh y apretó los dientes.

Ahora se encontraba en la camareta de la bola de cristal. Era un recinto ligeramente mayor que un cuarto ropero corriente, y unas colgaduras de terciopelo negro lo hacían impenetrable a la luz. Permaneció inmóvil durante un rato para dar tiempo a que sus ojos se habituasen a la absoluta oscuridad. Gradualmente fue apareciendo la siniestra y fascinante esfera de cristal, débilmente visible por su propia y mística luminosidad. Descansaba sobre un pedestal revestido de terciopelo negro.

Varick ya estaba familiarizado con aquella atmósfera. Había estado muchas veces en la camareta. Se dejó caer en un taburete ante la mesa donde reposaba la bola de cristal. Inclinándose hacia delante con la cabeza entre las manos, clavó la mirada en las límpidas profundidades de la esfera. Permaneció sin pestañear durante un minuto... dos minutos... tres. Sus pensamientos eran un torbellino.

Al cabo de un rato se produjo un cambio en la esfera. Pareció relucir con nueva y creciente luminosidad. De repente, se oscureció por completo, y de esta oscuridad comenzaron a surgir sombrías y borrosas formas a las que no sabría dar ningún nombre. Finalmente pareció levantarse algún misterioso velo, pues el globo de cristal se volvió más brillante. Se inclinó aún más hacia adelante, con ansiedad y temor. Otro velo pareció disiparse, quedando la esfera iluminada por una luz más brillante aún.

Ahora Varick podía distinguir varios objetos. En primer plano se apreciaba una mesa escritorio atestada de libros y papeles; a continuación se veía un sillón, y más al fondo una chimenea borrosa por las sombras. La luz aumentó gradualmente hasta dañarle los ojos, tensamente fijos; pero mantuvo firme la mirada. Se produjo un nuevo y rápido brillo, y todos los objetos se volvieron nítidos. Los estudió incrédulamente durante unos segundos, y entonces reconoció lo que estaba viendo. Era una habitación de su casa —su estudio—, situada a kilómetros de distancia.

Un frío repentino le entumeció los miembros, pero, apretando aún más los dientes, siguió mirando. Los contornos del cristal estaban desapareciendo. Ahora habían desaparecido. Vio algo más. Se abrió una puerta y entró un hombre en la habitación que estaba contemplando. Varick perdió momentáneamente la respiración al reconocer al hombre. Era... ¡él mismo! Observó al hombre —a sí mismo— mientras se movía de un lado a otro del estudio como sintiéndose abrumado por alguna pena profunda. Finalmente, el hombre se dejó caer en el sillón, ante el escritorio. Varick leyó claramente en el rostro de la visión las mismas emociones que estaba sufriendo él en persona. El hombre hizo un gesto desesperado con las manos —*sus* manos— y se inclinó sobre el escritorio con la cabeza entre ellas. Varick estaba como electrizado.

La visión permaneció inmóvil durante largo rato; luego Varick reparó en una segunda figura: era otro hombre. Esta figura había entrado en campo visual procedente del lado de observación de Varick. No la reconoció, pero vio algo más y se sobrecogió de terror. Había un cuchillo en la mano del desconocido, quien se acercaba de puntillas a la inconsciente figura del sillón —la figura de sí mismo— con el arma levantada.

Un grito inarticulado brotó de los descoloridos labios de Varick —un grito de aviso— mientras veía cómo el desconocido avanzaba.., avanzaba.., hacia él mismo. Vio cómo se movía ligeramente la figura de sí mismo, y cómo saltaba el desconocido. El cuchillo cayó velozmente, hundiéndose hasta la empuñadura. Un nuevo grito, agudo e ininteligible, salió de los labios de Varick; el corazón le palpitaba a golpetazos, y su rostro manaba copioso sudor. Murmurando sílabas incoherentes, hundió la cabeza desesperadamente.

No supo cuánto tiempo permaneció así, pero finalmente se armó de valor para mirar de nuevo. El cristal relucía fríamente sobre su pedestal de terciopelo, pero la horrible visión había desaparecido. Varick sintió un morboso deseo de volver a contemplarla, de ver la continuación, pero el terror y la repulsión hicieron presa en él. Se levantó y salió tambaleándose de la pequeña cámara. Tenía el rostro como la cera y abría y cerraba las manos convulsamente.

Jadeh yacía en un diván, sollozando. Se levantó de un salto al entrar él, y, escrutándole el rostro, comprendió. De nuevo enterró el rostro entre las manos, llorando. Adhem tenía clavada su melancólica mirada en el Buda.

—He visto... y he comprendido —murmuró Varick entre dientes—, pero... no lo creo.

—El cristal nunca miente, *sahib* —advirtió el adivino con pesadumbre.

—Pero no puede ser... eso —protestó Varick.

—Ten cuidado, *sahib,* ¡oh!, ten mucho cuidado —suplicó la muchacha.

—Naturalmente que tendré cuidado —replicó Varick secamente. De pronto se volvió hacia el adivino y le preguntó con una nota de amenaza en la voz—: ¿Se te ha aparecido alguna visión similar anteriormente?

—Sólo una vez, *sahib.*

—¿Y se cumplió?

Adhem afirmó lentamente con la cabeza.

—Quizá te vea mañana —dijo Varick de repente—. Este lugar es agobiante. Necesito salir.

Con manos crispadas se puso un abrigo ligero sobre el traje de etiqueta, cogió su sombrero y salió precipitadamente al mundo de las realidades. El adivino permaneció inmóvil durante unos momentos, mientras Jadeh le aferraba temblorosamente por un brazo.

—Así lo quieren los dioses —dijo tristemente.

* * *

El profesor Augustus Van Dusen —La Máquina Pensante— recibió a Howard Varick en la pequeña sala de visitas y le invitó a sentarse. El rostro de Varick estaba ceniciento; había surcos oscuros bajo sus ojos, que reflejaban un ingobernable terror. Cada uno de sus movimientos revelaba el incontenible nerviosismo que le sacudía. La Máquina Pensante lo examinó con curiosidad antes de recostarse en su holgado sillón.

Varick permaneció callado durante varios minutos; parecía estar luchando por controlarse. De improviso estalló:

—Voy a morir un día de la próxima semana. ¿Existe alguna manera de evitarlo?

La Máquina Pensante volvió su voluminosa cabeza amarilla para mirarlo de un modo que casi indicaba sorpresa.

—Desde luego, siempre que tenga usted la mente

preparada para ello —contestó irritadamente—. No obstante, no veo lo que puede hacerse —había en su voz una nota de ironía, una frialdad que tuvo la virtud de recomponer parcialmente los ánimos de Varick—. ¿Cómo va a suceder eso exactamente?

—Seré asesinado (acuchillado por la espalda) por un hombre a quien no conozco —explicó Varick atropellando las sílabas.

—Caramba, caramba, qué desgracia —comentó el científico—. Dígame algún detalle más. Pero espere un momento —se levantó y entró en su laboratorio. Regresó momentos después y tendió a Varick un vaso que contenía un líquido efervescente. El visitante lo apuró de un trago—. Tómese unos minutos para serenarse.

El científico volvió a sentarse, y permaneció silencioso con sus largos y delgados dedos presionados entre sí por las yemas. Gradualmente, merced a una lucha feroz, Varick recuperó el control de sí mismo.

—Ahora —invitó La Máquina Pensante— cuéntemelo todo.

Varick hizo una exposición escueta y aceptablemente lúcida de los hechos. La Máquina Pensante le escuchaba con cortés atención.

—¿Cree usted en las fuerzas ocultas de la mente? —preguntó el visitante cuando hubo concluido su relato.

—Yo no niego nada a priori —fue la respuesta—. El Dios que ha colgado un sol en las alturas ha creado también otras cosas que la inteligencia humana jamás llegará a entender... ¿Cómo llegó usted a conocer a ese Adhem Singh?

—Llevo muchos años interesado en las fuerzas ocultas, en los misterios que escapan a la comprensión humana. Soy dueño de una cuantiosa fortuna y no tengo obligaciones laborales, ni ningún familiar a quien mantener, por lo que puedo dedicarme libremente al cultivo del ocultismo, materia que he estudiado superficialmente a lo largo y a lo ancho del planeta. Conocí a Adhem en la India hace diez años. Posteriormente reanudé su trato en Inglaterra. Estudió en Oxford con alguna ayuda económica por mi parte. Más recientemente hemos vuelto a encontrarnos aquí en Boston. Hace unos años me convenció de que existe un *algo* en el arte adivinatorio practicado con bolas de cristal; llámesele telepatía, autohipnotismo, acción mental subconsciente... o lo que se quiera. Desde entonces esta ciencia (no puedo llamarla de otra manera) me ha guiado en todos los actos importantes de mi vida.

—¿A través de Adhem Singh?

—Sí.

—Y bajo garantía de secreto, supongo... Secreto en lo que se refiere a la naturaleza de sus revelaciones.

—Así es.

—¿Alguna tara mental en su familia?

Varick no supo si interpretar la pregunta como una insolencia o meramente como una petición informativa. Optó por lo último.

—No —respondió—. Ni el menor síntoma.

—¿Con cuánta frecuencia ha consultado al señor Singh?

—Muchas veces. Ha habido ocasiones en que no me ha respondido nada porque, según explicaba, el cristal no le hacía revelación alguna. Otras veces me ha proporcionado valiosos consejos. Nunca me ha dado un consejo desacertado, ni siquiera en lo referente a complicadas operaciones de Bolsa, por lo que me he sentido impulsado a creerle en todo.

—¿Nunca ha sido usted capaz de ver por sí mismo algo en el cristal antes de esa visión que, según usted, tuvo lugar la noche del último martes?

—Esa ha sido la primera vez.

—¿Cómo sabe usted que el asesinato va a suceder en un tiempo dado, esto es, la próxima semana, según sus palabras?

—Esa es la información que me ha dado Adhem Singh. Él sabe interpretar las visiones. Tienen mayor significado para él que...

—En otras palabras, ¿hace de ello una profesión? —interrumpió el científico.

—Sí.

—Continúe.

—El horror de la visión me impresionó tanto (nos impresionó a ambos) que, a instancias mías, Adhem Singh ha vuelto a conjurarla dos veces desde aquella noche. Él quería saber, al igual que yo, cuándo se cumpliría. En mi estudio hay un calendario ordenado por semanas; esto es, cada hoja muestra únicamente una semana. La última vez que apareció la visión noté este calendario. Mostraba la semana que comienza el próximo domingo, día veintiuno del presente mes. La única conclusión que hemos podido extraer es que el suceso tendrá lugar durante esa semana.

La Máquina Pensante comenzó a pasear de un lado a otro de la estancia, sumido en hondas cavilaciones. Finalmente se detuvo ante el visitante.

—Es de veras asombroso —comentó con énfasis—. Una de las cosas más increíbles que jamás haya oído.

La reacción de Varick fue una mirada que se aproximaba al agradecimiento.

—¿No considera, entonces, que sea imposible lo que le he contado? —preguntó con ansiedad.

—Nada es imposible —declaró el otro agresivamente—. Señor Varick, ¿está firmemente convencido de que lo que vio tiene valor profético? ¿De que morirá de esa manera, en ese lugar?

—No puedo creer otra cosa... No puedo.

—¿Y no tiene la más remota idea acerca de la identidad del destinado a ser el asesino?

—En absoluto. Su figura me era completamente desconocida.

—¿Y sabe usted (*sabe*) que la habitación que vio en el cristal era la suya?

—Con toda seguridad. Las alfombras, los muebles, la chimenea, los libros, todo era mío.

La Máquina Pensante volvió a guardar silencio.

—En ese caso —dijo al cabo— el asunto es de lo más simple. ¿Está usted dispuesto a ponerse en mis manos y obedecer ciegamente mis instrucciones?

—Sí —había una nota de ansiosa esperanza en la voz de Varick.

—Voy a tratar de entorpecer ligeramente los designios de los dioses —explicó el científico gravemente—. No sé lo que sucederá, pero será interesante intentar desafiar lo inevitable.

Con una expresión que tenía tanto de burlona como de severa, La Máquina Pensante pasó a la habitación contigua para efectuar una llamada telefónica. Varick le oyó refunfuñar, pero no alcanzó a captar lo que decía ni el nombre de la persona con quien hablaba. Alzó la mirada al entrar el científico.

—¿Tiene usted algún criado? —preguntó La Máquina Pensante.

—Sí, tengo un ayuda de cámara de edad avanzada, pero actualmente se encuentra en Francia disfrutando de unas pequeñas vacaciones que le he concedido. En realidad no necesito ahora ningún criado, pues resido en un bloque de apartamentos que reúne prácticamente las mismas comodidades que un hotel.

—Supongo que no llevará ahora encima tres o cuatro mil dólares...

—No, no tanto —fue la desconcertada respuesta—. Pero si se trata de sus honorarios...

—Nunca acepto honorarios. Me intereso en casos como el presente sencillamente porque me gustan. Son un buen ejercicio mental. Haga el favor de extender un cheque de, por ejemplo, cuatro mil dólares, a nombre de Hutchinson Hatch.

—¿Quién es?

No hubo respuesta. El cheque fue extendido y entregado sin más comentarios.

Quince o veinte minutos después llegaron dos visitantes en un taxi. Uno era Hutchinson Hatch, reportero, y el otro fue presentado como Philip Byrne. Cuando Hatch estrechaba la mano de Varick, La Máquina Pensante comparó a ambos mentalmente. Eran aproximadamente de la misma talla y corpulencia, lo que le hizo menear la cabeza con satisfacción.

—Ahora, señor Hatch —indicó—, tome este cheque y cóbrelo inmediatamente. A continuación regrese aquí. Ni una palabra a nadie.

Hatch salió y Byrne habló de política con Varick hasta que el periodista regresó con el dinero. La Máquina Pensante puso los billetes en manos de Byrne, quien, después de contarlos, los hizo desaparecer en un bolsillo.

—Ahora, señor Varick, las llaves de su apartamento, por favor —pidió el científico.

Le fueron entregadas. Después de guardárselas, La Máquina Pensante dio a Varick las siguientes instrucciones:

—A partir de estos momentos se llama usted John Smith. Va a partir de viaje inmediatamente con el señor Byrne, aquí presente. No va a enviar a nadie ninguna carta, ni postal, ni telegrama, ni paquete; no va a comprar nada, ni va a firmar ningún cheque; no va a hablar con nadie, ni a reconocer a ninguna persona; no va a hacer ninguna llamada telefónica, ni a intentar comunicarse con nadie, ni siquiera conmigo. Va a obedecer al señor Byrne en todo cuanto le diga.

Los ojos de Varick se habían agrandado más y más a medida que escuchaba.

—Pero ¿y mis asuntos... mis negocios? —protestó.

—Es una cuestión de vida o muerte —replicó La Máquina Pensante secamente.

Varick vaciló momentáneamente. Sentía que estaba siendo tratado como un niño.

—Como usted diga —aceptó finalmente.

—Ahora escúcheme bien, señor Byrne —continuó el científico—. Ya ha oído mis instrucciones. Es deber de usted el reforzarlas. Debe desaparecer con este hombre. Llévelo a donde sea. Cuenta usted con dinero más que suficiente. Cuando llegue a su conocimiento la noticia de que ha habido un arresto conectado con cierta amenaza lanzada contra el señor Varick, regrese a Boston (a presencia mía) junto con él. Eso es todo.

El señor Byrne se levantó con aire diligente.

—Vamos, señor Smith —ordenó.

Varick lo siguió fuera de la estancia.

II

HABÍA una mesa escritorio atestada de libros y papeles, allá un sillón, más al fondo una chimenea desdibujada por las sombras. Se abrió una puerta y entró un hombre en la habitación. Dio vueltas por el estudio con gestos que evidenciaban una profunda turbación y finalmente se hundió en el sillón, ante el escritorio. Hizo un gesto de desesperación con las manos y se inclinó sobre la mesa con la cabeza apoyada en ellas. Apareció otra silueta, cuchillo en mano, avanzando sigilosamente hacia la inconsciente figura del sillón. El desconocido avanzaba más y más, con el arma levantada...

Se produjo un destello cegador acompañado de humo y de un agudo chasquido. A través del humo se oyó la fría voz de Hutchinson Hatch, reportero.

—Quédese donde está, por favor.

—Debiera salir una buena fotografía —dijo La Máquina Pensante.

Al aclararse el humo vio a Adhem Singh. El adivino miraba consternado el revólver empuñado por Hatch, quien acababa de abandonar de un salto su asiento ante el escritorio del estudio de Varick. La Máquina Pensante se frotó las manos con satisfacción.

—Ajá, ya sospechaba que era usted —dijo dirigiéndose al adivino—. Baje el cuchillo, por favor. Muy

bien. Parece un tanto descarado por nuestra parte interrumpir de este modo lo que los dioses tenían designado, pero creo que se ha preocupado usted demasiado de los detalles, señor Singh. Podría haber asesinado a su amigo si no hubiera dedicado tanta atención a triviales efectos teatrales.

—¿He de considerarme prisionero? —preguntó el adivino.

—Así es —le aseguró La Máquina Pensante con voz alegre—. Está usted acusado de intentar asesinar al señor Varick. Su esposa será apresada en menos de media hora, junto con todos cuantos han tomado parte en esta conspiración.

Se volvió a Hatch, quien sonreía abiertamente. El reportero estaba pensando en la maravillosa fotografía que había en la cámara sostenida por La Máquina Pensante, la única fotografía del mundo, que él supiera, en la que figurase un hombre en el momento de intentar un asesinato.

—Ahora, señor Hatch —siguió La Máquina Pensante— voy a telefonear al detective Mallory para que venga a hacerse cargo de este caballero y disponga el arresto de cuantas personas se encuentren en casa del señor Singh. Si este hombre trata de escapar... dispare.

El científico salió y Hatch dedicó su atención a su hosco prisionero. Le hizo media docena de preguntas y, no recibiendo respuesta alguna, desistió de su intento. Un poco después se presentó el detective Mallory en su habitual estado de asombro contenido, y el adivino fue llevado preso.

Seguidamente Hatch y La Máquina Pensante fueron a la casa de Adhem Singh. La policía les había precedido, llevándose cuatro prisioneros, entre ellos la joven Jadeh. Consiguieron entrar gracias a la cortesía de un agente que había quedado encargado de vigilar la vivienda, y buscaron la camareta de las adivinaciones. Se inclinaron sobre el brillante globo de cristal al tiempo que Hatch sostenía una cerilla encendida.

—Pues aún no veo cómo lo hicieron —dijo el reportero después de examinar la esfera.

La Máquina Pensante levantó la bola y volvió a colocarla en su pedestal media docena de veces, tratando, al parecer, de detectar algún chasquido, por leve que fuera. Luego exploró con los dedos el contorno de la mesa, así como ambas caras del tablero. Obedeciendo una sugerencia suya, Hatch levantó la esfera con gran lentitud, y el científico deslizó sus delgados dedos por debajo de la misma.

—¡Ajá! —exclamó finalmente—. Ya me parecía a mí. La idea es inteligente, señor Hatch, muy inteligente. Quédese aquí en la oscuridad durante unos minutos y veré si puedo ponerla en práctica para usted.

El científico desapareció y Hatch se quedó mirando fijamente el cristal, presa de ansiedad. Llegó un momento en que comenzó a experimentar, también él, auténticos escalofríos. Justamente entonces relampagueó una luz en el cristal, que hasta ese instante había permanecido débilmente visible, y se encontró mirando... el estudio del apartamento de Howard Varick, distante varios kilómetros. Según miraba, anonadado, vio aparecer dentro del cristal la figura de La

Máquina Pensante, que agitaba los brazos. La sensación de escalofrío le desapareció ante aquel obvio intento de llamar su atención.

Algún tiempo después, aquella misma tarde, La Máquina Pensante enfocó la luz de su genio analítico sobre el problema en honor de Hatch y del detective Mallory.

—La charlatanería es un lujo que cuesta a las gentes de todo el orbe increíbles sumas de dinero —comenzó—. Los charlatanes hacen presa en los crédulos bajo numerosos disfraces y bajo muchos nombres. El sentido común más elemental nos dice que es absurdo creer que una persona, por haber nacido en una fecha determinada, va a tener éxito en los negocios durante una semana concreta, o va a fracasar en su vida amorosa en un mes dado; y es descabellado pensar que la Naturaleza, o las fuerzas del otro mundo, van a salirse de sus cauces para decir a un hombre si ciertos valores de Bolsa van a subir o a bajar. Un mínimo de sentido del humor debería convencernos de que los espíritus incorpóreos no regresan a este mundo para dar golpecitos en las mesas como respuestas a necias preguntas.

Hatch sonrió ligeramente ante el tono magisterial del científico, y el detective Mallory mordisqueó su cigarro puro incómodamente. Había ido allí a enterarse de cosas relacionadas con el mundo del crimen, no a escuchar sermones que desbordaban sus entendederas.

—Sirvan mis anteriores palabras a modo de introducción —siguió La Máquina Pensante—. Por lo que se refiere al caso de la bola de cristal, únicamente necesité aplicar un mínimo de raciocinio y de lógica. Cuando el señor Varick vino a consultarme advertí que se trataba de una persona inteligente que había dedicado varios años de su vida al estudio de lo que se conoce con el nombre de ciencias ocultas. Siendo, pues, un hombre inteligente, no era fácil engañarlo, y sin embargo, alguien llevaba varios años haciéndolo. Por consiguiente, pude comprender que el autor del engaño era una persona de mente muy superior a la de los patanes que generalmente se hallan implicados en este tipo de asuntos.

«El señor Varick nunca había visto personalmente nada en ninguna bola de cristal (recuérdenlo), hasta esa «visión» de muerte. Cuando supe este dato, comprendí que esa «visión» no era más que un engaño; el mero hecho de haberla visto él así lo probaba, pero el montaje había sido realizado con tal perfección de detalles que surtió efecto. Nos encontramos, pues, ante un caso de adivinación de futuro fraudulenta. ¿Con qué finalidad? ¿Con la de obtener una gratificación monetaria? Si se hubiera tratado de una adivinación acerca de una operación exitosa en el mercado de valores, resultaría comprensible que Adhem Singh esperara recibir una gratificación; pero la «visión» de la muerte de un hombre no es el camino más directo hacia el libro de cheques de éste. Si el motivo no era una gratificación, ¿cuál era entonces?

»Un motivo más profundo surgía a la vista. El señor Varick era rico, cultivaba la amistad de Singh desde hacía varios años, habiendo llegado al extremo de costearle los estudios en Oxford; no tenía familia ni personas a su cargo. Por consiguiente, parecía probable que Singh saliese beneficiado, en calidad de heredero, con la muerte del señor Varick. Había, pues, un motivo para la «visión», que en un principio pudiera haber sido un intento de asustar a Varick hasta el grado de provocarle la muerte, pues éste padecía del corazón. Comprendí todas estas cosas cuando hablé con el señor Varick, varios días después de la «visión», pero no le revelé mis pensamientos. De haberlo hecho no hubiera creído algo tan sórdido, pues tenía depositada plena confianza en Singh, y probablemente hubiera obrado según su propio criterio, acabando por morir asesinado a manos de Singh, o por morir de miedo, de acuerdo con los planes del adivino.

»Una vez sabidas estas cosas, lo único que restaba era atrapar al astuto oriental. Ahora bien, la mente hindú discurre por canales extraños. Ama el misticismo teatral, y supuse que, una vez llegado tan lejos, Singh intentaría hacer realidad la «visión». Presumía, desde luego, que el señor Varick guardaría el asunto en secreto.

»Salvar la vida del señor Varick era una tarea muy simple. Si le correspondía morir en un tiempo y en un lugar dados, lo pertinente era mantenerlo lo más apartado posible de ese lugar durante ese tiempo. Le telefoneé a usted, señor Hatch, y le pedí que trajera consigo a un detective privado dispuesto a obedecer órdenes; me trajo al señor Byrne. Escuchó las instrucciones que le di. Era necesario ocultar la identidad del señor Varick, y mis detalladas órdenes iban dirigidas a evitar que alguien pudiera tener algún indicio de que se había ausentado, o algún dato acerca de su paradero. Ni yo mismo sé dónde se encuentra ahora.

Tan pronto como el señor Varick estuvo fuera de mis manos, dispuse que Marta, mi ama de llaves, escribiera una nota a Singh explicándole que el señor Varick se encontraba enfermo y recluido en su estudio, y que por el momento se sentía incapacitado para recibir a nadie. En esta nota se especificaba una fecha en que visitaría a Singh. Marta escribió la misiva haciéndose pasar por una experimentada enfermera que prestaba sus servicios por horas únicamente *durante el día.* Todos estos puntos le fueron dejados perfectamente claros a Singh.

»Hecho esto, el resto era una mera cuestión de paciencia. El señor Hatch y yo íbamos cada noche a la casa de Varick (tenía allí a Marta durante el día para responder al teléfono o a las posibles visitas), y esperábamos escondidos. El señor Hatch es de una corpulencia parecida a la de Varick, y una peluca sirvió para reforzar el parecido. Lo que siguió ya lo sabe usted. Podría añadir que cuando el señor Varick me refirió la historia de la visión, comenté que era casi increíble. Él entendió, como yo quise que entendiera, que me refería a la «visión». Lo que realmente significaban mis palabras es que me parecía casi increíble el elaborado plan desarrollado por Singh. Existían mil medios mucho menos complicados y aparatosos de acabar con su vida. Una simple gota de veneno, por ejemplo, hubiera bastado para este fin.»

La Máquina Pensante se detuvo como si aquello fuera todo.

—Pero, ¿y la bola de cristal? —preguntó Hatch—. ¿Cómo funcionaba? ¿Cómo fue posible que yo le viera a usted dentro de ella?

—Eso era un truco ligeramente ingenioso y sumamente caro —dijo La Máquina Pensante—, tan caro que Singh debía de esperar sacarle beneficios muy elevados. Básicamente era una variación del principio general de la cámara oscura. Era realizado con lentes de varias clases y una multitud de espejos, y requería la colaboración de otros dos hombres, los mismos que, en compañía de Jadeh, fueron arrestados en la casa de Singh.

«Primeramente, en el sótano de la casa de Singh se hizo un duplicado del estudio del apartamento de Varick, reproduciéndolo con todo lujo de detalles, incluidas las alfombras, los libros y la decoración de las paredes. Dos hombres representaron allí la escena del asesinato que vio el señor Varick. Estaban disfrazados, naturalmente. ¿Han mirado ustedes alguna vez a través de un telescopio colocado al revés? Pues bien, la reducción original de la escena del asesinato a un tamaño tal que la totalidad de la misma apareciese en un espejito, fue realizada de ese modo. A partir de este pequeño espejo salía un tubo extensible, similar a un periscopio, provisto de un sistema de espejos y lentes. Este tubo transmitía una imagen de lo que sucedía en el sótano, lo suficientemente nítida como para que las facciones fueran borrosamente apreciables; atravesaba el techo y subía por el interior de una de las patas de la mesa sobre la que descansaba el cristal, continuando por el pedestal.

»Usted, señor Hatch, me vio levantar ese cristal varias veces, cada una de las cuales podría haber advertido un chasquido. Estaba tratando de descubrir cómo llegaba la imagen reflejada a la bola. Cuando usted la levantó y yo la palpé por debajo desvelé el misterio. Había una trampilla en el pedestal, tapada con terciopelo. Se cerraba automáticamente y presentaba una superficie sólida cuando el cristal era levantado, y se abría cuando el cristal era colocado de nuevo. De manera que la imagen reflejada alcanzaba el globo, que la invertía por última vez para presentar una imagen correcta a los ojos del observador. El aumento de intensidad de la luz que parecía producirse en el cristal era en realidad provocado abajo. Simplemente alguien retiraba varias gasas de la primera lente, de una en una.»

—¡Es increíble! —exclamó el detective Mallory—. El caso más elaborado que haya oído jamás.

—Lo que no sabemos es cuántas víctimas tenía Singh. Cualquier «visión» era posible con un cambio adecuado del escenario del sótano. Supongo que la inversión era provechosa, pues son muchos los inocentes que pueblan este mundo.

—¿Qué tenía que ver la chica en este caso? —quiso saber Hatch.

—Eso no lo sabemos —respondió el científico—. Es guapa. Quizás era utilizada como una especie de anzuelo para atraer a cierta clase de hombres. Imagino que era en realidad la esposa de Singh, no su hermana. Desempeñó un importante papel en la farsa tramada contra Varick, indudablemente.

Un par de días después, Howard Varick regresó a la ciudad remolcado por Philip Byrne. La Máquina Pensante sólo hizo a Varick una pregunta importante.

—¿Cuánto dinero pensaba usted pagar a Singh?

—Unos doscientos cincuenta mil dólares —fue la respuesta—. Estaban destinados a ser utilizados bajo su dirección en un estudio profundo de la metapsíquica. Habíamos planeado entre los dos cómo emplear exactamente estos fondos.

El señor Varick no tardaría en abandonar todo su interés por el ocultismo.

Fin

3 El problema del Rubens robado

MATTHEW Kale amasó cincuenta millones de dólares negociando con grasas lubricantes, tras lo cual comenzó a proteger las Bellas Artes. La cuestión era muy simple: él tenía el dinero y Europa tenía las obras de los viejos maestros. Su método de compra no podía ser más sencillo. Había unos cuatro mil metros cuadrados de pared desnuda en la gigantesca galería de su mansión de mármol, así que compró unos cuatro mil metros cuadrados de arte. Algunos de los cuadros eran buenos; otros, regulares; y muchos, malos. El principal cuadro de la colección era un Rubens, que había adquirido en Roma por cincuenta mil dólares.

Poco después de completar su colección, Kale decidió hacer algunas reformas en la inmensa galería donde colgaban las pinturas. Fueron todas recogidas y almacenadas en el salón de baile, igualmente amplio, vueltas contra la pared. Mientras duraban las obras, Kale y su familia utilizaron como refugio un hotel cercano.

Fue en este hotel donde Kale conoció a Jules De Lesseps. De lesseps era un francés de pura cepa, el típico francés cuya conversación se asemeja a un ejercicio de gimnasia. Era nervioso, rápido y ágil, y según explicó a Kale confidencialmente, no sólo era pintor, sino un serio conocedor de las Bellas Artes. Inflado con su pomposo orgullo de poseedor, Kale no escatimó molestias a la hora de exhibir su colección privada para delectación de Lesseps. El acto tuvo lugar en el salón de baile, y el placer del verdadero artista brillaba en los ojos del francés cuando examinaba alguna obra buena. Algunas de las otras le hacían sonreír, pero su sonrisa era inofensiva.

Kale alzó con sus propias manos el valioso Rubens y lo sostuvo ante los ojos del francés. Era una *Virgen con el Niño,* una de esas maravillosas creaciones que han perdurado a lo largo de los tiempos sin perder la belleza resplandeciente y el colorido de sus primeros días. Kale pareció desilusionado, pues Lesseps no mostró ningún especial entusiasmo por la pintura.

—Pero ¡si es un Rubens! —exclamó.

—Sí, ya lo veo.

—Me ha costado cincuenta mil dólares.

—Quizá valga aún más —repuso el francés, encogiéndose de hombros y volviendo las espaldas al cuadro.

Kale lo miró con disgusto. ¿Acaso Lesseps no comprendía que se trataba de un Rubens, y que Rubens era un gran pintor? ¿O quizá no le había oído decir que le había costado cincuenta mil dólares? Kale estaba acostumbrado a ver cómo la gente agitaba la cabeza y agrandaba los ojos cuando él pronunciaba la cantidad de cincuenta mil dólares; por consiguiente, preguntó:

—¿No le gusta?

—Mucho, desde luego; pero ya lo había visto. Lo vi en Roma aproximadamente una semana antes de que usted lo comprase.

Estuvieron revolviendo cuadros hasta que, finalmente, llegaron ante un Whistler. Era una acuarela de la famosa serie dedicada al río Támesis. El rostro de Lesseps irradió excitación, y pasó la mirada varias veces de la acuarela al Rubens, como comparando mentalmente la exquisitamente trazada y coloreada obra moderna con la atrevida y magistral técnica de la antigua (1).

Kale comprendió mal este silencio. Explicó a modo de disculpa:

—Es un Whistler. Me sentí prácticamente obligado a incluirlo en mi colección, pero no acaba de ser el tipo de arte que a mí me gusta. ¿Qué opinión le merece a usted?

—Lo encuentro sencillamente maravilloso —respondió el francés con entusiasmo—. Es la esencia, el no va más del arte moderno. Me pregunto si me sería posible —se volvió hacia Kale— hacer una copia. Poseo cierta habilidad como pintor y me atrevería a decir que puedo hacer una copia altamente aceptable.

---

(1) Whistler es unos dos siglos y medio más moderno que Rubens.

Kale se sintió halagado. Cada momento que pasaba se sentía más y más impresionado por el cuadro.

—¡Por supuesto! —exclamó—. Haré que se lo envíen al hotel, y allí puede usted...

—¡No, no, ni hablar! —interrumpió Lesseps rápidamente—. No me gustaría correr con la responsabilidad de tener el cuadro en mi poder. Existe siempre el peligro de un incendio. Pero si me diera usted permiso para venir aquí... Esta sala es espaciosa, está bien aireada e iluminada y, además, es tranquila...

—Como usted prefiera —concedió Kale, faraónicamente—. Creí que de la otra manera le resultaría más cómodo.

Lesseps se acercó al millonario y posó una mano en su brazo, diciéndole seriamente:

—Mi querido amigo, si estos cuadros fueran míos no intentaría buscar la comodidad de nadie en lo referente a los mismos. Me atrevo a decir que la colección le ha costado...

—Seiscientos ochenta y siete mil dólares —adelantó Kale, orgullosamente.

—Y naturalmente, estarán bien protegidos aquí en su casa durante su ausencia...

—Hay unos veinte criados en la casa mientras los obreros realizan las reformas, y tres de ellos no hacen otra cosa que vigilar este salón. Nadie puede entrar o salir excepto por la puerta que hemos utilizado nosotros (las otras están aseguradas con llave y cerrojo), y sólo con permiso mío, o con una orden escrita y firmada por mí. No, señor, nadie puede llevarse nada de este salón.

—¡Estupendo... estupendo! —exclamó Lesseps admirativamente—. Me temo que no he hecho honor a las cualidades que usted posee como hombre de negocios —se volvió para echar una ojeada pensativa a la colección de cuadros—. Un ladrón listo, sin embargo —aventuró—, podría cortar la tela de un cuadro valioso, por ejemplo, el Rubens, enrollarla, esconderla bajo el abrigo y escapar.

Kale se echó a reír, complacido, y sacudió negativamente la cabeza.

Dos días después, en el hotel, Lesseps volvió a traer a colación el tema de la copia del Whistler. Le dio mil gracias cuando Kale se ofreció a acompañarlo a la mansión para presenciar las primeras etapas de la labor. Hicieron un alto al llegar a la puerta del salón de baile.

—Jennings —dijo Kale al criado de librea que había allí—, éste es el señor Lesseps. Puede entrar y salir cuando le plazca. Va a hacer cierto trabajo aquí en el salón de baile. Procure que nadie le moleste.

Lesseps observó que el Rubens estaba inclinado descuidadamente contra algunos otros cuadros, con el sagrado rostro de la Santísima Virgen vuelto hacia ellos.

—Realmente, señor Kale —protestó—, ese cuadro es demasiado valioso para que esté así. Si hace usted que sus sirvientes me traigan una lona, lo envolveré con ella y lo colocaré aquí sobre la mesa, lejos del suelo. Suponga que hubiera ratones...

Kale agradeció el consejo. Se dieron las órdenes necesarias y el cuadro fue cuidadosamente envuelto y colocado fuera de peligro. Después de esto, Lesseps se instaló con un caballete, un lienzo, un taburete y el resto de su equipo, y comenzó su labor de copia. Entonces Kale lo dejó solo.

Tres días después, Kale se dejó caer por allí y encontró al artista enzarzado todavía en su trabajo.

—Simplemente me he acercado por aquí para ver cómo marchan las obras de la galería —explicó—. Estarán terminadas dentro de una semana. Espero no estar molestándole.

—En absoluto —dijo Lesseps—. Estoy dándole los últimos toques. ¿Qué le parece como lo hago? —volvió el caballete hacia Kale.

El millonario miró de éste al cuadro original, que descansaba en una silla cercana, y en sus ojos brilló una sincera admiración hacia los esfuerzos del artista.

—¡Es verdaderamente magnífico! No tiene nada que envidiar al otro, y apuesto el cuello a que no pedirá usted cinco mil dólares por él, ¿eh?

Aquello fue todo lo que se habló por el momento acerca del asunto. Kale erró por la casa durante una hora aproximadamente, luego se pasó por el salón de baile, donde el artista estaba ya recogiendo su equipo, y ambos regresaron caminando al hotel. El artista llevaba bajo un brazo su copia del Whistler, ligeramente enrollada.

Transcurrió otra semana. El obrero encargado de ultimar los detalles del decorado de la galería se había marchado ya. Lesseps se ofreció voluntariamente a prestar su ayuda en la tarea de colgar nuevamente los cuadros, y Kale dejó gustosamente el asunto en sus manos. La tarde del día en que comenzó este trabajo, Lesseps, charlando animadamente con Kale, deshizo la lona que envolvía el precioso Rubens. Se detuvo entonces con una exclamación de estupor. El cuadro había desaparecido; el marco que lo había contenido estaba vacío. La fina tira de lienzo que había en torno al filo interior indicaba que se había utilizado una navaja afilada para cortar la pintura.

* * *

Todos estos hechos se pusieron en conocimiento del profesor Augustus Van Dusen, La Máquina Pensante. Esto sucedió aproximadamente un día después de que Kale se precipitara en el despacho que el detective Mallory tenía en la Jefatura de Policía, declarando que su Rubens había sido robado. Dio un puñetazo en el escritorio del detective y rugió:

—¡Me costó cincuenta mil dólares! ¿Por qué no hace usted nada? ¿Qué hace ahí sentado mirándome?

—No se excite, señor Kale —aconsejó el detective—. Ahora mismo encargaré a mis hombres la labor de recuperar el... el... Por cierto, ¿qué es un Rubens?

—¡Es un cuadro! —bramó el señor Kale—. Un trozo de lienzo con algo de pintura, y me costó cincuenta mil dólares... ¡no olvide eso!

La maquinaria de la Policía se puso en funcionamiento para recobrar el cuadro. Y con el tiempo el caso cayó bajo la observadora mirada de Hutchinson Hatch, reportero. Se enteró de los hechos que habían precedido a la desaparición de la pintura, y visitó a Lesseps. Encontró al artista en un estado de excitación próximo a la histeria; apenas insinuó el periodista el objeto de su visita, Lesseps estalló en palabras.

—¡*Mon Dieu*! (1) ¡Es ultrajante! ¿Qué puedo yo hacer? ¡Yo fui la única persona que estuvo en el salón durante varios días! Fui precisamente yo quien se preocupó de proteger así el cuadro. ¡Y ahora ha desaparecido! La pérdida es irreparable. ¿Qué puedo hacer?

Hatch no tenía ninguna idea concreta sobre lo que el artista podía hacer, por lo que le dejó proseguir.

—Por lo que tengo entendido, señor Lesseps —interrumpió por fin—, nadie entró en el salón, aparte de usted y el señor Kale, durante todo el tiempo que permaneció allí...

—Nadie más entró.

—Y creo que el señor Kale dijo que estaba usted haciendo una copia de una acuarela famosa, ¿no es cierto?

—Sí, una vista del Támesis. De Whistler. Es esa que está colgada encima de la chimenea.

Hatch echó una ojeada admirativa al cuadro. Era una copia exquisita, y revelaba el diestro toque de un artista de gran habilidad.

Lesseps leyó la admiración en su rostro.

(1) Exclamación francesa que significa «¡Dios mío!».

—No es mala —dijo con modestia—. Estudié con Carolus Duran.

Todos los datos conocidos del caso, junto con esta pequeña información adicional (que no pareció de particular valor al reportero), fueron expuestos a La Máquina Pensante. Este distinguido caballero escuchó de principio a fin sin hacer comentarios.

—¿Quién tenía acceso al salón? —preguntó al final.

—Eso es lo que la Policía está ahora investigando —fue la respuesta—. Hay un par de docenas de criados en la casa, y supongo que, pese a las rígidas órdenes de Kale, éstas no se cumplirían a rajatabla.

—Eso hace el problema más difícil, desde luego —dijo La Máquina Pensante con una voz perpetuamente irritada, que constituía uno de los rasgos más característicos de su persona—. Quizá sería mejor que fuéramos a casa del señor Kale a investigar personalmente.

Kale los recibió con la reserva que todos los hombres ricos muestran en presencia de los representantes de la prensa. Dirigió una mirada fija, no exenta de curiosidad, a la diminuta figura del científico, quien explicó el objeto de la visita.

—Supongo que poco pueden ayudar ustedes —les dijo el millonario—. Ya tengo a varios detectives oficiales trabajando en el caso.

—¿Se encuentra aquí el señor Mallory? —preguntó La Máquina Pensante ásperamente.

—Sí, está arriba, en las habitaciones de la servidumbre.

—¿Podemos ver el salón de donde cogieron el cuadro? —inquirió el científico con la suave entonación que Hatch conocía tan bien.

Kale otorgó el permiso con un gesto de la mano y los condujo al salón de baile, donde habían estado almacenados los cuadros. Situándose en el centro, La Máquina Pensante hizo una inspección general de la estancia. Las ventanas eran altas. La media docena de puertas que daban a los pasillos, a la sala de música y a tranquilos rincones de la mansión, ofrecían innumerables posibilidades de acceso. Tras este examen, La Máquina Pensante cogió el marco de donde había sido recortado el Rubens y lo examinó durante largo tiempo. La impaciencia de Kale era evidente. Finalmente, el científico se volvió hacia él.

—¿Conoce usted mucho al señor Lesseps? —preguntó.

—Lo conozco sólo desde hace aproximadamente un mes. ¿Por qué?

—¿Le entregó cartas de presentación, o lo conoció usted casualmente?

Kale lo miró con evidente desagrado.

—Mis asuntos personales no tienen nada que ver con este caso —dijo ácidamente—. El señor Lesseps es un caballero de pies a cabeza y, desde luego, él es la última persona de quien yo sospecharía que estuviese implicado en la desaparición del cuadro.

—Ése es generalmente el caso —comentó La Máquina Pensante, con acritud y, volviéndose hacia Hatch, preguntó—: ¿Qué tal es la copia que hizo del cuadro de Whistler?

—Nunca he visto el original —respondió Hatch—, pero la copia revela una habilidad soberbia. Quizá al señor Kale no le importaría que viéramos...

—¡Oh!, por supuesto que no —dijo Kale resignadamente—. Vengan. Está en la galería.

Hatch sometió el cuadro de Whistler a un cuidadoso escrutinio.

—Yo diría que la copia es perfecta —fue su veredicto—. Naturalmente, al no tenerla aquí delante, no puedo afirmarlo con seguridad absoluta, pero ciertamente se trata de un trabajo magistral.

De repente, se descorrieron las cortinas de una ancha puerta que había casi enfrente de ellos y entró el detective Mallory. Llevaba algo en la mano, pero al verlos, lo ocultó detrás de la espalda. Su rostro irradiaba triunfo.

—Vaya, vaya, profesor, usted y yo nos encontramos con notable frecuencia, ¿eh?

—Este periodista y su amigo parecen empeñados en implicar a Lesseps en el caso —se quejó Kale al detective—. No quiero que suceda nada parecido. El periodista es capaz de publicar cualquier cosa. Siempre están dispuestos a hacerlo.

La Máquina Pensante lo fulminó con la mirada y luego extendió la mano hacia Mallory, preguntando:

—¿Dónde lo ha encontrado?

—Lamento decepcionarlo, profesor —dijo el detective con sarcasmo—, pero esta vez ha llegado algo tarde —y mostró el objeto que guardaba a la espalda—. Aquí tiene su cuadro, señor Kale.

Kale dejó escapar una breve exclamación de alivio y asombro, y agarró el lienzo con ambas manos para examinarlo.

—¡Magnífico! —exclamó, dirigiéndose al detective—. Trataré de que reciba usted los honores que se merece. ¡Pensar que me costó cincuenta mil dólares! —Kale no parecía capaz de olvidar ese detalle.

La Máquina Pensante se inclinó hacia adelante para escudriñar la esquina superior derecha del lienzo, y preguntó de nuevo:

—¿Dónde lo ha encontrado?

—Bien enrollado y escondido en el fondo de un baúl, en el cuarto de uno de los criados —explicó Mallory—. El criado se llama Jennings. Ya está arrestado.

—¡Jennings! —exclamó Kale—. ¡Pero si lleva conmigo varios años!

—¿Ha confesado? —preguntó el científico, imperturbablemente.

—Naturalmente que no —contestó Mallory—. Dice que alguno de los otros criados debe de haberlo puesto allí.

La Máquina Pensante dirigió a Hatch un gesto de asentimiento, comentando:

—Lo felicito, señor Mallory, por haber resuelto el caso de una manera tan rápida y satisfactoria.

Diez minutos después salían de la casa y tomaban un taxi en dirección a la casa del científico. Hatch estaba algo contrariado por el inesperado fin del caso, y permaneció pensativo durante un rato.

—Mallory muestra en ocasiones algún destello de inteligencia, ¿verdad? —dijo por fin, con expresión interrogante.

—Nunca he notado tal cosa —replicó el científico.

—Pero ha encontrado el cuadro.

—Naturalmente que lo ha encontrado. Fue puesto allí para que lo encontrara.

—¿Puesto allí para que lo encontrara? ¿No lo robó Jennings?

—Si lo hizo, es un tonto.

—Bien, si no lo hizo, ¿quién lo puso allí?

—Lesseps.

—¡Lesseps! —repitió Hatch como un eco—. ¿Para qué diablos robó un cuadro de cincuenta mil dólares y lo puso en el baúl de un criado?

La Máquina Pensante se removió en su asiento y clavó en el reportero una breve y extraña mirada.

—A veces, señor Hatch, me asombra su estupidez —dijo con franqueza—. Puedo entender tal cosa en un hombre como Mallory, pero a usted siempre lo he conceptuado como un hombre sagaz y de pensamiento ágil.

Hatch sonrió ante el reproche. No era la primera vez que lo oía. Pero nada se habló del problema hasta que llegaron a la vivienda de La Máquina Pensante.

—La única cuestión que me planteo, señor Hatch —dijo entonces el científico—, es si debería o no tomarme la molestia de restituir el cuadro del señor Kale. Éste ha quedado perfectamente satisfecho, y probablemente nunca advertirá la diferencia. Por consiguiente...

Hatch comprendió.

—¡Por el Gran Escocés! —exclamó—. ¿Quiere usted decir que el cuadro encontrado por Mallory es...?

—Una copia del original —completó La Máquina Pensante—. Personalmente, no entiendo nada de arte, por lo que, mediante observación, no podría afirmar que se trata de una copia, pero sé que lo es gracias a la lógica. Cuando el original fue recortado del marco, la navaja se desvió ligeramente al llegar a la esquina superior derecha. La tira de lienzo que quedaba en el marco fue la que me dijo esto. El cuadro encontrado por el señor Mallory no se correspondía en este detalle con la tira de lienzo del marco. La conclusión es obvia.

—¿Y Lesseps tiene el original?

—Lesseps tiene el original. ¿Cómo logró hacerse con él? Existe una docena de modos posibles. Pudo haberlo enrollado y camuflado bajo su abrigo. Pudo haber utilizado la ayuda de un cómplice, pero no creo que le hubiera atraído ningún procedimiento ordinario de robo. Es demasiado inteligente, según se deduce al estudiar el caso en su conjunto...

«Por ejemplo, pidió permiso para copiar el Whistler, que, según pudo usted ver, es del mismo tamaño que el Rubens. Le fue concedido. Tardó tres días en copiarlo, según dice. Estuvo solo en el salón todo el tiempo. Sabía que el señor Kale no tenía la menor idea de arte. Aprovechándose de esto, ¿qué hubiera sido más sencillo que copiar el Rubens al óleo? Pudo haberlo quitado del marco inmediatamente después de envolverlo en la lona, y mantenerlo junto a sí en una posición tal que hubiera podido taparlo rápidamente en caso de ser interrumpido. Recuerde que el cuadro vale cincuenta mil dólares, por lo que bien merecía estas molestias.

»Lesseps es un artista (eso lo sabemos bien), y, al tratar con un hombre que no entendía nada de arte, no albergaba temores. Podemos suponer que su intención era utilizar la copia del Rubens como una especie de anzuelo para despistar, una vez que se hubiera largado con el original. Vio usted que Mallory no advirtió la diferencia, y Lesseps estaba seguro de que el señor Kale tampoco la advertiría. El único peligro que Lesseps corría, hasta poder marcharse airosamente con el Rubens original, era que algún entendido en pintura viese la copia. Es un hombre audaz, según se desprende del hecho de que se permitió ser él mismo quien descubriera el robo, precisamente después de ofrecerse a ayudar al señor Kale en la tarea de volver a colgar los cuadros en la galería. Cómo se las arregló para poner el Rubens falso en el baúl de Jennings, es algo que no sé. Podemos imaginar muchos modos...»

Durante un minuto permaneció recostado en su sillón sin hablar, con los ojos vueltos firmemente hacia arriba y los dedos presionados entre sí.

—Lo único que nos resta es ir en busca del Rubens. Se encuentra ahora en el cuarto de Lesseps (ha sido usted quien me lo ha dicho) y sabemos, por tanto, que está seguro. A mi parecer, él sabe que si intentara huir caería inevitablemente bajo sospecha.

—Pero, ¿cómo se las compuso para sacar el cuadro de la casa de Kale?

—Probablemente lo sacó bajo el brazo el día que salió de la casa con el señor Kale —fue la asombrosa respuesta.

Hatch lo miraba boquiabierto. Un momento después el científico se levantó y pasó a la habitación contigua para efectuar una llamada telefónica. Cuando volvió junto a Hatch, cogió su sombrero y salieron juntos.

Lesseps estaba en su habitación cuando le subieron las tarjetas de los visitantes, y se apresuró a recibirlos. Durante diez minutos conversaron sobre el caso en términos generales, mientras los ojos del científico se volvían inquisitivamente de un punto a otro de la habitación. Finalmente, sonó una llamada en la puerta.

—Es el detective Mallory, señor Hatch —indicó La Máquina Pensante—. Ábrale la puerta.

Lesseps pareció sobresaltarse durante un instante, pero se recobró rápidamente. Los ojos de Mallory estaban llenos de preguntas cuando entró.

—Me gustaría, señor Mallory —comenzó La Máquina Pensante, calmosamente—, llamar su atención sobre esa copia de un Whistler del señor Kale... Aquí, encima de la chimenea. ¿No es excelente? ¿Ha visto el original?

Mallory miró la bella acuarela y emitió un gruñido. El rostro de Lesseps se blanqueó de repente y sus manos se cerraron rígidamente. Se recobró de nuevo y sonrió.

—La belleza de esta acuarela estriba no solamente en su fidelidad al original —siguió el científico—, sino también en el hecho de que fue pintada en extraordinarias circunstancias. Por ejemplo, no sé si usted sabrá, señor Mallory, que es posible combinar cola con masilla y algunas otras cosas de uso corriente, para formar una pasta que, extendida sobre un cuadro al óleo, taparía eficazmente lo pintado en él y ofrecería al mismo tiempo una excelente superficie para pintar a la acuarela.

Se produjo una pausa momentánea, durante la cual los tres oyentes lo miraron en silencio, reflejando en sus rostros emociones singularmente conflictivas.

—Esta acuarela, que está copiada de un Whistler —siguió el científico sosegadamente— está pintada sobre esa clase de pasta que acabo de describir. Esa pasta, a la vez, está tapando el cuadro original de Rubens. Puede quitarse con agua sin dañar el cuadro, que está pintado al óleo; o sea que, en lugar de una simple copia de un Whistler, lo que aquí tenemos es un original de Rubens valorado en cincuenta mil dólares. Eso es verdad, ¿no es así, señor Lesseps?

No hubo respuesta; no era necesaria. Una hora después, cuando ya Lesseps estaba seguro en su celda, Hatch formuló una pregunta por teléfono a La Máquina Pensante.

—¿Cómo supo usted que la acuarela fue pintada sobre un Rubens?

—Porque era el único modo absolutamente seguro de que el Rubens pudiera darse por perdido para quienes estuvieran buscándolo, y al mismo tiempo estuviera perfectamente protegido —fue la respuesta—. Le dije que Lesseps es listo, y un poco de lógica hizo el resto. Dos y dos suman cuatro, señor Hatch, no sólo algunas veces, sino todas las veces.

Fin

4 El coche fantasma

I

DOS ojos blancos y deslumbrantes aparecieron en medio de la noche, inundando de luz la carretera. Eran los faros de un automóvil que acababa de tomar una curva. Baker, agente especial de vigilancia de carreteras, notó desde lejos que el auto sobrepasaba el límite de velocidad permitido en aquel condado.

El condado de Yarborough era una extensa sucesión de urbanizaciones de lujo. Sus carreteras eran anchas y estaban admirablemente cuidadas: no había en ellas ni un solo bache. Por eso los automovilistas sentían la tentación de recrearse corriendo a gran velocidad. Pero las normas de tráfico allí eran muy severas. Había medio centenar de agentes repartidos por sus carreteras, encargados de hacerlas cumplir. Las multas que imponían eran una sustanciosa fuente de ingresos.

El agente Baker se levantó del taburete plegable que le servía para hacer más llevaderas sus horas de servicio, comprendidas entre las seis de la tarde y las doce de la noche; encendió su linterna y descendió hasta la orilla de la carretera. Siempre hacía su vigilancia en el mismo puesto, situado en un extremo de un largo trecho bautizado por los automovilistas con la pintoresca denominación de «La Trampa». La Trampa era un tramo de carretera singularmente tentador para los entusiastas de la velocidad. Era perfectamente llano, estaba franqueado por altas tapias de piedra y describía una suave curva que hacía que cada extremo resultara invisible desde el extremo contrario. Había otro hombre, el agente especial Bowman, apostado en el otro extremo de La Trampa, y existía comunicación telefónica entre ambos puntos. Si uno de los agentes no conseguía parar un coche o tomar su matrícula, telefoneaba a su compañero para que éste hiciera tales menesteres.

El agente Baker esperaba confiadamente junto a la carretera. Observaba cómo se aproximaban las luces del coche, apenas distantes doscientos metros. En el momento oportuno levantaría la linterna, el automóvil se detendría, sus ocupantes protestarían y luego el condado añadiría algo más de dinero al fondo destinado a hacer las carreteras aún mejores y tentar a los automovilistas todavía más. Si algún coche no paraba, era deber de los agentes tomarle la matrícula. Bastaba consultar el registro mensual de matrículas para enterarse del nombre del propietario. En tales casos se imponía una multa especial.

Lejos de aminorar la marcha, el auto se dirigió como un bólido hacia el agente e hizo un amplio viraje, como si se dispusiera a entrar en La Trampa a toda velocidad. En el momento adecuado, Baker se adentró en la carretera y blandió su linterna.

—¡Alto! —ordenó.

El auto, que era descubierto, siguió su marcha sin hacer caso del grito. Iba ya a echarse encima del agente cuando éste saltó ágilmente fuera de la carretera (acto en el que era particularmente experto). El vehículo pasó como un rayo, penetrando en La Trampa. Baker estaba en aquellos instantes tan ocupado en salvar su vida que no pudo leer la matrícula, pero no se dio por rendido; sabía que no era posible escapar de La Trampa. A un lado se alzaba una sólida tapia de piedra de dos metros y medio de altura, que marcaba el límite oriental de la finca de John Stocker, y al otro lado había otra tapia de piedra, de 2,75 metros de altura, correspondiente al límite occidental de la finca de Thomas Rogers. No había ninguna otra salida de La Trampa excepto por uno de los dos extremos vigilados por los agentes especiales. Por consiguiente, Baker estaba completamente seguro de que el auto sería detenido. Bastaba con avisar por teléfono al otro agente. Descolgó, pues, el auricular.

—Acaba de pasar un coche descapotable a velocidad loca —gritó—. No parará. No he logrado tomarle la matrícula. ¡Ten los ojos bien abiertos!

—De acuerdo —respondió el agente especial Bowman.

Durante diez, quince, veinte minutos permaneció Baker esperando que Bowman le llamara desde el otro puesto de vigilancia. Como no recibía llamada alguna, al fin se decidió a descolgar nuevamente el auricular. No obtuvo respuesta. Llamó varias veces. Apaleó la caja del teléfono y golpeó el receptor. Siguió sin respuesta. Finalmente, comenzó a preocuparse. Recordó que, en el mismo puesto, un agente había sido malherido por un desaprensivo conductor que rehusó frenar o hacer virar su coche cuando el guardia se adentró en la carretera. Imaginó a Bowman yaciendo desamparado, quizá herido de gravedad. Si el automóvil mantenía la marcha a que le había pasado a él, habría una muerte segura para quienquiera que tuviese la desgracia de acabar debajo de sus ruedas.

Con estos pensamientos vagando por su cabeza y con auténtica preocupación por Bowman, Baker acabó decidiéndose a caminar a lo largo de la carretera de La Trampa, en dirección al extremo opuesto. Los débiles rayos de su linterna mostraron la ininterrumpida línea de las frías tapias de piedra que se alzaban a cada lado. No había arbustos ni matorrales de ningún tipo; sólo una estrecha faja de césped junto a cada tapia. Cuanto más pensaba Baker en el asunto, mayor era su ansiedad y más apretaba el paso. Cuando acabó la curva divisó una linterna que venía lentamente hacia él. La llevaba, evidentemente, alguien que exploraba cuidadosamente ambos lados de la carretera de La Trampa.

—¡Hola! —gritó Baker cuando la linterna estuvo al alcance de su voz—. ¿Eres tú, Bowman?

—Sí.

Las linternas siguieron moviéndose hasta juntarse. La preocupación que Baker sentía por el otro agente se transformó rápidamente en curiosidad.

—¿Qué estás buscando? —preguntó.

—El coche sobre el que me advertiste —respondió Bowman—. No ha pasado por mi puesto, y he pensado que quizá haya habido un accidente, por lo que he venido hacia aquí en busca de señales del mismo. No he visto nada.

—¿No ha pasado por el extremo que tú vigilas? —inquirió Baker asombrado—. ¡Pues tiene que haber pasado! No ha regresado por mi lado y no lo he encontrado al venir hacia aquí, por lo que no tiene más remedio que haber pasado por tu zona.

—Pues no ha pasado por mi zona —declaró Bowman, tajantemente—. También yo he registrado la carretera, tratando de verlo. No ha pasado ningún coche por el extremo desde hace una hora.

El agente especial Baker levantó su linterna hasta que sus rayos iluminaron totalmente el rostro del agente especial Bowman; durante un instante ambos se miraron fijamente. La sospecha relampagueó en los penetrantes y ambiciosos ojos de Baker.

—¿Cuánto te han dado por dejarlos pasar? —inquirió.

—¿Que cuánto me han dado? —exclamó Bowman, justamente indignado—. No me han dado nada. No he visto ningún coche.

Una ligera mueca de desprecio curvó los labios del agente especial Baker.

—Todo eso está muy bien para justificarte en el informe de la Jefatura —repuso—, pero da la casualidad de que el auto entró por mi lado, no regresó por ahí, y sólo pudo salir por uno de los dos extremos; por consiguiente, lo hizo por el extremo vigilado por ti —guardó un silencio momentáneo—. Y sea lo que sea lo que hayas sacado, Jim, creo que deberías darme la mitad.

Jim Bowman se volvió. Una mueca cortés apareció en torno a sus labios, haciéndose visible a través del entrecano bigote.

—Imagino —dijo escogiendo las palabras— que piensas que porque tú hagas eso, todo el mundo lo hace. Pues bien, no he visto ningún coche.

—¿No te doy yo siempre la mitad? —demandó Baker, con voz casi suplicante.

—Insisto en que no he visto ningún coche. La cosa no tiene vuelta de hoja. Si no ha regresado por el lado tuyo es que no ha habido ningún automóvil. —Siguió una pausa; Bowman estaba concibiendo una acusación especialmente desagradable—. Tú ves visiones, eso es lo que sucede.

Fue así como germinó la semilla de la discordia entre dos guardias del condado de Yarborough. Un rato después se separaron con mutuas sonrisas de desprecio y abierta burla, para regresar a sus respectivos puestos, cada uno absorto en sus propios pensamientos. Cinco minutos antes de las doce, hora en que acababa su servicio, Baker volvió a telefonear a Bowman.

—He estado dándole vueltas a ese asunto, Jim, y me parece que será mejor que no digamos nada en la Jefatura —dijo lentamente—. Suena bastante ridículo, y si decimos algo van a reírse de nosotros.

—Como tú digas —accedió Bowman.

Las relaciones entre el agente especial Baker y el agente especial Bowman continuaban tirantes al día siguiente. Pero caminaron juntos hacia sus respectivos puestos. Baker se detuvo en el extremo que le correspondía; Bowman siguió su camino sin ni siquiera volver la cabeza.

—Será mejor que mantengas los ojos bien abiertos

esta noche, Jim —gritó Baker a guisa de despedida.

—Ya los tuve abiertos ayer por la noche —fue la disgustada réplica.

Pasaron las siete, las ocho, las nueve. Dos o tres automóviles habían cruzado por La Trampa a velocidad moderada, y otro había sido amonestado por Baker. A las nueve y cinco, el mencionado agente estaba mirando atentamente la carretera que conducía a La Trampa, cuando vio algo que le hizo levantarse de un salto. Era un par de ojos blancos y deslumbrantes que se destacaban en la lejanía. Los reconoció: eran los faros del misterioso coche de la noche anterior.

—Esta vez lo atraparé —murmuró ferozmente entre dientes.

Cuando el impetuoso automóvil estuvo a unos doscientos metros, Baker se plantó en medio de la carretera y comenzó a blandir la linterna. El auto parecía rodar a una velocidad aún mayor que la noche anterior. Cuando la distancia se acortó a un centenar de metros, Baker empezó a gritar. El vehículo no aminoró la velocidad ni un ápice. Al igual que había hecho la noche anterior, Baker saltó en el momento preciso. El auto pasó como un meteorito al tiempo que el conductor realizaba un hábil viraje para no atropellar al agente.

Una vez que estuvo fuera de peligro, Baker se volvió hacia el coche con los ojos bien abiertos, tratando de leer la matrícula que colgaba del eje trasero, pero no logró distinguir las cifras debido al remolino de polvo. No obstante advirtió que en el coche, había cuatro personas, pues ése fue el número de siluetas que se reflejaban gracias a la luz del camino. No pudo percatarse si eran hombres o mujeres.

De nuevo se precipitó hacia el teléfono. Bowman respondió prontamente.

—¡Ha vuelto a entrar el coche de la noche anterior —vociferó Baker—. Iban a gran velocidad. ¡Presta atención esta vez!

—Eso estoy haciendo —respondió Bowman.

—Hazme saber lo que sucede —gritó Baker.

Permaneció con el auricular pegado a la oreja durante diez o quince minutos; luego, la voz de Bowman lo llamó potente desde el otro extremo del cable.

—¿Qué? —dijo Baker—. ¿Lo has cogido?

—No ha pasado ningún coche, y no se ve venir ninguno —informó Bowman.

—Pero ha entrado —insistió Baker.

—Pues por aquí no ha salido —declaró Bowman—. Ven caminando por la carretera hasta encontrarte conmigo y mira bien por el camino.

Se repitió la búsqueda de la noche anterior. Cuando los dos hombres se encontraron en el medio de La Trampa, sus rostros estaban blancos; blancos como las elevadas tapias de piedra que los contemplaban mudas desde cada lado.

—¡Nada! —exclamó Bowman.

—¡Nada —repitió Baker como un eco.

El agente especial Bowman torció la cabeza a un lado y se rascó la barbilla.

—¿No estarás tratando de gastarme una broma? —inquirió fríamente—. ¿De verdad has visto el coche?

—Claro que lo he visto —declaró Baker, no sin cierta agresividad—. Te aseguro que lo he visto, Jim, y si no ha salido por tu lado, entonces... entonces...

Se detuvo para echar una rápida mirada a sus espaldas. Esta acción inspiró una singular medida de preocupación en Bowman.

—Quizá... quizá... —dijo Bowman al cabo de un minuto— quizá se trate de... ¿un coche fantasma?

—Bueno, eso debe de ser —musitó Baker—. Tú sabes tan bien como yo que ningún coche puede salir de esta curva excepto por uno de sus extremos. Ese coche entró aquí, no está ahora y no salió por el extremo tuyo. Ahora bien, ¿dónde está?

Bowman lo miró fijamente durante un minuto, cogió su linterna, sacudió la cabeza solemnemente y se alejó por la carretera en dirección a su puesto. Durante el trayecto miró a su alrededor preocupadamente tres veces. Baker hizo lo mismo cuatro veces.

La tercera noche el auto fantasma apareció y desapareció exactamente igual que las noches anteriores. Otra vez se encontraron Baker y Bowman a medio camino entre los puestos de vigilancia, y otra vez discutieron el asunto.

—Voy a decirte una cosa, Baker —dijo Bowman a modo de conclusión—; quizá ese coche sea una figuración tuya. Tal vez, si estuviera yo en tu puesto de vigilancia, no lo vería.

—Está bien, Jim —dijo Baker, sintiéndose herido—; si es así como piensas, mañana por la noche intercambiaremos nuestros puestos. No tenemos por qué decir nada a nuestros jefes.

—¡Muy bien, así se habla! ¡Seguro que yo no veré el coche!

La noche siguiente, Bowman se sentó en el taburete plegable de Baker. Y *también él* vio el coche fantasma. Vino precipitadamente, sacudiendo el aire con un ensordecedor traqueteo, y entró velozmente en La Trampa. Bowman, que apenas cabía en sí de su asombro, avisó a Baker por teléfono. Baker estuvo esperando el coche durante media hora, pero el vehículo fantasma no apareció.

Hutchinson Hatch, famoso reportero, sonrió incrédulamente cuando su jefe dejó a un lado el inevitable cigarro puro y le narró el caso. Éste era lo suficientemente raro como para picar la curiosidad de cualquiera; así que el periodista Hatch se desplazó al condado de Yarborough, entrevistó a los agentes Baker y Bowman y, seguidamente, recorrió La Trampa a pie dos veces. Examinó, palmo a palmo, la carretera y las tapias, intentando averiguar cómo un automóvil descubierto que hubiera entrado por uno de sus dos extremos, podría desaparecer sin salir por ninguno de ellos.

Durante su primer recorrido, Hatch prestó especial atención al lado correspondiente a la finca de Thomas Rogers. La tapia, de 2,75 metros de altura, era de piedra lisa, sin la más pequeña señal de una salida disimulada. ¡Una salida secreta para coches! Sólo ese pensamiento hizo sonreír a Hatch. Cuando llegó al otro extremo de La Trampa —el extremo de Bowman—, el periodista estaba perfectamente convencido de que ningún automóvil había salido de la carretera por la tapia de Thomas Rogers: ni a través de ella, ni por debajo, ni por encima. Durante su recorrido de vuelta, no menos cuidadoso, prestó estricta atención al lado correspondiente a la tapia de John Stocker. Cuando alcanzó el otro extremo —el extremo de Baker—, quedó asimismo convencido de que ningún automóvil había abandonado la carretera por la tapia de John Stocker: ni a través de ella, ni por encima, ni por debajo. La única abertura que había en esa tapia apenas medía cuarenta centímetros y correspondía a un estrecho sendero.

Hatch examinó minuciosamente el suelo de la carretera: ninguna grieta sospechosa, ningún desnivel extraño, nada que permitiera imaginar la bajada secreta a un túnel. Entre la carretera y las tapias no existía ningún arbusto que pudiera ofrecer el menor escondite; únicamente había sendas fajas de césped, lisas y estrechas. El coche fantasma no pudo haber permanecido escondido en ningún momento, ni de noche ni de día. No pudo haber descendido a través del suelo, que no presentaba el más mínimo agujero. En ese momento, involuntariamente, el periodista levantó la mirada hacia el azul firmamento. Quizá, pensó dejándose arrebatar por el espíritu de la fantasía, el automóvil era una extraña clase de pájaro, o... o... Se detuvo de repente.

—¡Por el Gran César! —exclamó—. Me pregunto si...

Pasó el resto de la tarde haciendo investigaciones. Fue a la casa de Stocker y a la casa de Rogers, pero ambas estaban desocupadas en aquellos momentos. Luego visitó sucesivamente una casita de campo, una cabaña y una choza. Pero no parecía haber conseguido mucha información cuando fue a ver al agente Baker a su puesto de vigilancia, aquella tarde a las siete.

Juntos repasaron los extraños puntos del misterio. Mientras, las sombras fueron espesándose en torno a ellos hasta que finalmente la oscuridad se hizo tan densa, que la linterna de Baker constituía la única fuente de luz. A medida que los envolvía el frío de la noche, un cierto tono de temor agarrotó sus voces. De vez en cuando pasaba algún coche, y cada vez que esto sucedía, Hatch miraba interrogativamente a Baker. Todas las veces Baker negó con la cabeza. Y también todas las veces telefoneó a Bowman, para así llevar la cuenta de los coches que entraban en La Trampa.

—Estoy seguro de que vendrá —dijo Baker tras largo silencio—, y lo reconoceré tan pronto como tome la curva que conduce hasta aquí. Reconocería sus dos luces entre mil.

Permanecían sentados, fumando apaciblemente. Transcurrido un tiempo, dos luces blancas y deslumbrantes emergieron en un punto lejano de la carretera, y Baker, excitado, dejó caer su pipa.

—Es ése —declaró—. ¡Mire cómo viene!

Y Hatch miró cómo venía. La velocidad del misterioso automóvil era tal que obligaba a mirarlo. Como los ojos de un gigante, las dos luces se dirigían hacia ellos, y Baker hizo maquinalmente señales para detener el coche. El auto pasó como una exhalación, y la ráfaga de aire que tiró de sus abrigos fue una prueba convincente de la materialidad del vehículo. Hatch tensó los ojos para leer la matrícula, pero fracasó en su intento, pues la parte trasera del auto estaba envuelta en un turbio remolino de polvo.

—Tiene buena potencia —comentó Baker, suavemente.

—Sí que la tiene —asintió Hatch.

Luego, en honor del periodista, Baker telefoneó a Bowman.

—¡Otra vez ha pasado el coche! —gritó—. ¡Mira bien e infórmame de lo que veas!

Bowman esperó en su puesto veinte minutos; luego transmitió el informe acostumbrado: el coche no había pasado. Hutchinson Hatch era un joven calmoso, frío y desapasionado, pero en aquellos momentos sintió un extraño cosquilleo en la espina dorsal. Encendió un cigarrillo, tratando de tranquilizarse.

—Sólo hay un modo de averiguar adónde va ese coche —declaró por fin, enfáticamente—; situar a un hombre en el medio de La Trampa, justamente al volver de la curva, para que espíe. Si el coche sube por los aires, desciende por las entrañas de la tierra o se evapora, lo verá y podrá después comunicárnoslo.

Baker lo miraba con curiosidad.

—No me haría mucha gracia ser yo el hombre apostado en el medio de La Trampa —declaró, algo intranquilo.

—A mí tampoco —respondió Hatch.

A la tarde siguiente, como consecuencia de la publicación de la historia del coche fantasma en el periódico de Hatch, había otros doce reporteros en el escenario del misterio. La mayoría de ellos se mostraban incrédulos; incluso llegaron a insinuar que nadie había visto el auto. Hatch sonrió con paciencia.

—¡Esperad! —aconsejó con profunda convicción.

Fue así como, al caer las sombras de la noche, los periodistas de una gran ciudad tramaron una conspiración para capturar al auto fantasma. Todos ellos, incluido Hatch, acordaron distribuirse a lo largo de La Trampa, desde el puesto de Baker al de Bowman, espiar la llegada del coche, ver lo que sucedía y comparar luego sus observaciones. Se apostaron en puntos equidistantes y permanecieron a la espera. Aquella noche no apareció el auto fantasma. Los doce reporteros se mofaron de Hutchinson Hatch y le dijeron que arrojase la historia al basurero. Pero a la noche siguiente, cuando los únicos observadores eran Hatch, Baker y Bowman, el auto volvió a aparecer.

* * *

II

COMO un niño abrumado por un grave problema, Hatch expuso de principio a fin el asunto al profesor Augustus Van Dusen, el cerebro maestro. La Máquina Pensante, con los estrábicos ojos vueltos firmemente hacia arriba y los largos y delgados dedos presionados punta contra punta, escuchó hasta el final.

—Ahora bien, tengo la completa seguridad de que los coches no vuelan —estalló Hatch, salvajemente, una vez concluida su narración—, y si éste no vuela, no existe ningún medio terrenal por el que pueda salir de La Trampa. Recorrí cuidadosamente el lugar, llegando incluso a examinar el suelo y los remates de las tapias para ver si había alguna huella del auto.

La Máquina Pensante lo miró con ojos entornados, inquisitivos.

—¿Está seguro de que lo que vio era un automóvil? —preguntó irritadamente.

—Por supuesto que lo vi —contestó bruscamente el reportero—. No sólo lo vi... sino que lo olí. Para convencerme de que era real lancé mi bastón frente a la cosa y lo hizo astillas.

—Quizá, entonces, si todo es como usted dice, el auto *realmente vuela* —opinó el científico.

El reportero temió no haber oído bien.

—¿Quiere usted decir —inquirió ansiosamente— que el auto fantasma puede ser una especie de coche-avión?

—No es en absoluto imposible.

—También a mí se me ocurrió una idea parecida —explicó Hatch—. Interrogué a cuantas personas encontré en dos kilómetros a la redonda, pero no obtuve ningún testimonio positivo.

—Ese tramo tan perfecto de la carretera muy bien podría servir como pista de despegue para un aparato ligero —prosiguió el científico.

—¿Un aparato ligero, dice usted? —repuso Hatch—. ¿Le he dicho que en ese coche viajaban cuatro personas?

—¡Cuatro personas! —exclamó La Máquina Pensante—. ¡Caramba! ¡Caramba! Eso cambia mucho las cosas. Cuatro personas serían, desde luego, una carga demasiado pesada para un...

Permaneció en silencio durante diez minutos, y en su frente abovedada, se dibujaron finas líneas en forma de telaraña. Luego se levantó y pasó al cuarto contiguo. Un momento después Hatch oyó el sonido del teléfono. Cinco minutos más tarde La Máquina Pensante reapareció y miró al periodista severamente, con el ceño fruncido.

—Supongo que lo que usted quiere saber realmente es si el coche es... de naturaleza material, y a quién pertenece, ¿verdad? —inquirió.

—Eso es —convino el reportero—, y, por supuesto, por qué hace lo que hace, y cómo sale de La Trampa.

—¿Conoce usted por casualidad a algún ciclista rápido y resistente?

—A una docena de ellos. Creo entender el plan, pero...

—No tiene usted ni la más remota idea de cuál es el plan —declaró La Máquina Pensante categóricamente—. Si se pone usted de acuerdo con un ciclista rápido, capaz de recorrer una distancia que puede oscilar entre cuarenta y ochenta kilómetros, puede que terminemos este pequeño asunto sin dificultad.

Fue así como el profesor Augustus Van Dusen, doctor en Filosofía, doctor en Derecho, miembro de la Sociedad Real, doctor en Medicina, etc., científico y lógico, conoció al famoso Jimmie Thalhauer, el campeón mundial de ciclismo de fondo. Había batido todas las marcas, ganando en dos ocasiones la carrera de seis días. Era un maestro en su campo. Entró mordisqueando un mondadientes. Después de las presentaciones de rigor, el pequeño y brusco científico inquirió:

—¿Sabe usted montar en bicicleta?

—Bien, *algo* sé —confesó modestamente el campeón al tiempo que hacía un guiño a Hatch.

—¿Sería usted capaz de seguir a un automóvil durante una distancia de, por ejemplo, cuarenta o cincuenta kilómetros?

—Soy capaz de seguir a cualquier cosa que no tenga alas.

—Bien, a decir verdad —informó La Máquina Pensante—, existen serios motivos para creer que este automóvil en particular tenga alas. No obstante, si es usted capaz de seguirlo...

—No me tome el pelo —sonrió el campeón—. Soy capaz de seguir cualquier cosa que se desplace sobre ruedas, aunque sea al fin del mundo.

La Máquina Pensante miró al ciclista con curiosidad. En su círculo de amistades, circunscrito principalmente al mundo científico, no figuraban jóvenes de aquella clase.

—¿Qué velocidad puede usted llegar a alcanzar, señor Thalhauer?

—Me da vergüenza decírselo —confió el campeón en un susurro—. Puedo correr tanto que yo mismo me asusto... Pero me parece que si son cuarenta y tantos los kilómetros que hay que recorrer, sería mejor que los hiciera en moto.

—Ahí está precisamente el problema —explicó La Máquina Pensante—. Las motos son ruidosas, y, de poder usarse una, hubiéramos alquilado un coche veloz. En resumen, lo que yo quiero de usted es que siga en una bicicleta con las luces apagadas a un automóvil que puede también ir sin luces, y descubrir a dónde se dirige. Ninguno de los ocupantes del coche debe sospechar que se les está siguiendo.

El deportista miró a Hatch, diciendo:

—Supongo que de aquí saldrá un buen artículo, ¿no? Lo menos de cuatro columnas, ¿verdad? Con fotografías especiales, naturalmente...

—Sí —respondió Hatch.

—Un buen título podría ser «Siguiendo la pista en bicicleta», ¿no te parece?

Hatch asintió.

Una vez fijadas estas condiciones, La Máquina Pensante tomó la palabra para dar instrucciones precisas y definitivas al campeón. Pese a que éstas parecían estrechamente relacionadas con el problema en cuestión, no proporcionaron al reportero el menor indicio acerca de los planes del científico. Finalmente el campeón se levantó para marcharse.

—Es usted un joven de lo más extraordinario, señor Thalhauer —comentó La Máquina Pensante con admiración hacia la robusta y vigorosa figura.

Hatch acompañó al campeón a la salida. Cuando descendía los escalones, Jimmie Thalhauer sonrió con benevolencia.

—Vaya un viejo más chiflado, ¿eh?

* * *

¡De noche! Completa oscuridad, mitigada únicamente por una carretera que, semejante a una ondeante cinta blanca, se pierde vaporosamente en la lejanía, bajo un cielo sin estrellas. Borrosa línea de setos (1) a cada lado. De vez en cuando emerge un árbol en las tinieblas. Suena ahora un murmullo de voces humanas en las sombras, seguido de un zumbido mecánico. Un automóvil con las luces apagadas entra lentamente en la

---

(1) Cercos construidos con palos y ramas, o formados por una alineación apretada de arbustos.

VI

carretera. Aumenta súbitamente la vibración de los motores al ganar velocidad y se aleja raudamente.

Del seto llega un suave roce de hojas, producido, al parecer, por el viento; luego, una figura se desliza imperceptiblemente, confundida entre las sombras. Sigue el leve crujido del sillín de una bicicleta. La figura, inclinada sobre el manillar, comienza a seguir al coche, silenciosamente, aumentando progresivamente la velocidad. Se inicia así una carrera larga, desesperada. El conductor demuestra conocer perfectamente la carretera, y el silencioso ciclista, que ya ha logrado eliminar la distancia que le separaba de su presa, se mantiene tenazmente pegado al eje trasero del automóvil. Sus dientes están apretados y sus poderosas piernas, como si fueran pistones, se mueven hacia arriba y hacia abajo con la regularidad de una máquina.

Por fin, con la garganta reseca y los ojos escocidos por el polvo, el ciclista advierte una disminución en la velocidad del coche, e instantáneamente frena para evitar todo peligro de ser descubierto. Ahora prosigue la persecución guiándose únicamente por el sonido. El coche se detiene; el ciclista se pierde en las sombras.

Durante dos o tres horas, el coche permanece vacío y silencioso. Por fin vuelven a oírse las voces, el auto vuelve a emprender la marcha y el ciclista reanuda el seguimiento. Otra carrera, esta vez con distinta dirección. Finalmente, desde una loma, se divisan las luces de una ciudad. Transcurren diez minutos, el coche hace un alto, resplandecen sus faros y, aminorando la marcha, el vehículo prosigue su ruta.

* * *

A la tarde siguiente, La Máquina Pensante y Hutchinson Hatch visitaron a Fielding Stanwood, presidente del Banco Nacional Fordyce. El señor Stanwood los miró con ojos interrogantes.

—Venimos para informarle, señor Stanwood —explicó La Máquina Pensante— de que una caja de valores, probablemente de bonos del Estado, falta de su banco.

—¿Qué? —exclamó el banquero, palideciendo—. ¿Un robo?

—Lo único que sé es que los bonos fueron sacados de la caja de valores esta noche por Joseph Marsh, su cajero adjunto —dijo el científico—, y que él, junto con otros tres hombres, abandonó el banco con la caja. Ahora se encuentran... en un lugar que no puedo nombrar.

El señor Stanwood no cabía en sí de su asombro.

—¿Sabe dónde están? —exigió.

—He dicho que lo sé.

—Entonces debemos avisar a la Policía inmediatamente, y...

—Que yo sepa, no se ha cometido ningún delito real —interrumpió el científico—. Lo que sí sé es que cada noche, durante una semana, esos bonos han sido sacados con la complicidad de su vigilante, y que han sido devueltos a su lugar, intactos, antes del amanecer. Serán restituidos esta noche. Por consiguiente, yo le aconsejaría, si se decide a actuar, que no lo haga hasta que los cuatro hombres devuelvan los bonos.

Fue una reunión singular la que tuvo lugar en el despacho privado del presidente Stanwood aquella noche.

El cajero Marsh y tres de sus compañeros, formalmente arrestados, figuraban entre los presentes; también estaban allí el presidente Stanwood, La Máquina Pensante y Hatch, además de varios detectives. Marsh llevaba los bonos bajo el brazo cuando fue capturado. Habló sin rodeos cuando se le interrogó.

—Admito que he obrado más allá de mis derechos al sacar los bonos de la caja de seguridad, pero no he incurrido en ningún delito. No hay motivo para castigarme. Soy un empleado de este banco y no he violado la confianza que se tiene depositada en mí. Nada ha desaparecido, nada ha sido robado. Hasta el último de los bonos que salió se encuentra de nuevo aquí.

—Pero ¿por qué... por qué sacaba usted los bonos? —preguntó el señor Stanwood.

Marsh se encogió de hombros.

—Se trata de lo que se podría denominar un plan para enriquecerse rápidamente —dijo La Máquina Pensante—. El señor Hatch y yo hemos hecho hoy algunas investigaciones. El señor Marsh y estos otros tres caballeros están interesados en un negocio que es éticamente deshonesto, pero que no está prohibido por la ley. Necesitaban un capital aproximado de un millón de dólares, y han entrado en contacto con un grupo de banqueros dispuestos a proporcionar este apoyo financiero. Estos cuatro o cinco banqueros con quienes han tratado el asunto se han presentado cada noche, durante una semana, en la casa de campo del cajero Marsh. Era necesario hacerles creer que había ya *otro millón* en el plan; por esto, los bonos fueron extraídos del banco y presentados como propiedad de Marsh y sus cómplices, trasladándolos del banco a su casa y de su casa al banco en una especie de automóvil descapotable. Esto es realmente lo que sucedió, a juzgar por lo que el señor Hatch ha investigado y lo que yo he deducido merced a un poco de lógica.

Marsh y sus compañeros admitieron la verdad de esta declaración. Durante el camino de regreso a su casa, La Máquina Pensante explicó el enigma del coche fantasma a Hatch.

—El coche fantasma, como usted lo llama —dijo—, era el vehículo utilizado para llevar los bonos. El efecto «fantasmal» se produjo meramente por casualidad. La noche en que el vehículo fue visto por vez primera, se dirigía apresuradamente a la casa de Marsh para llegar a tiempo a la cita. Un mapa de carreteras le indicará a usted que la ruta más directa desde el banco a la casa de Marsh era a través de La Trampa. Si un automóvil recorría la mitad de La Trampa y seguidamente atravesaba la finca de Stocker hasta alcanzar la otra carretera, la distancia se acortaría en más de ocho kilómetros. Este ahorro resultaba, desde luego, bastante valioso, por lo que el coche en el que viajaban fue simplemente llevado a través de la finca de Stocker, hasta la carretera de enfrente.

—Pero, ¿cómo? —quiso saber Hatch—. Allí en la finca no hay ninguna carretera.

—Me enteré por teléfono (el propio señor Stocker me lo comunicó), de que existe un sendero estrecho que arranca de una abertura para peatones que hay en la tapia de su finca, precisamente hacia la mitad de La Trampa. Este sendero atraviesa las tierras de la finca poniendo en comunicación la carretera de La Trampa con la otra. El coche fantasma no era realmente un coche; eran simplemente dos motos camufladas con asientos de coche y con un sistema especial de conducción. Las dos motos son, por supuesto, máquinas independientes que pueden acoplarse entre sí o separarse a voluntad. Se trata de un invento del Ejército francés, que ha estado experimentando con esta clase de vehículos durante varios años. Al parecer, ofrecen sus ventajas como coches todo-terreno. Como decía, las motos pueden separarse, por lo que resultaba sencillo pasarlas a través de la abertura de la tapia y del sendero de la finca. Los asientos son ligeros y fácilmente desmontables; pueden llevarse perfectamente bajo el brazo.

—¡Oh! —exclamó Hatch de repente, y añadió después de un minuto—: Pero, ¿qué fue lo que hizo Jimmy Thalhauer?

—Esperó en la carretera, justamente donde terminaba el sendero procedente de La Trampa. Cuando el auto fue llevado hasta allí y recompuesto, lo siguió hasta la casa de Marsh y desde allí hasta el banco. El resto lo hemos descubierto hoy usted y yo. Es simplemente una cuestión de lógica, señor Hatch, de lógica elemental.

Siguió una pausa.

—Ese señor Thalhauer es realmente un joven maravilloso, ¿no le parece, señor Hatch?

Fin

alta mar

comentamos el texto

El problema de la celda número 13

1. Un poco de historia

Cuando Jacques Futrelle (1) escribió *«El problema de la celda número 13»* hacía cuatro años que Theodore Roosevelt era Presidente de los Estados Unidos, el país de este ingenioso autor y del más popular de los hijos de su imaginación, ese monstruo de la Naturaleza a quien se dio en llamar La Máquina Pensante.

Los Estados Unidos acababan de erigirse en una de las naciones más ricas y poderosas de la Tierra. Se habían logrado adelantos espectaculares en la industria y en la agricultura, y había libertad de prensa y religiosa. Pero había también grandes males. Muchos niños eran explotados en el trabajo en lugar de asistir a la escuela, las empresas alimentarias adulteraban sus productos para enriquecerse más deprisa y las industrias madereras multiplicaban sus ingresos a costa del equilibrio ecológico.

---

(1) Puedes pronunciar «llaks futrel», que es como los anglosajones aficionados al género policíaco suelen decir este nombre.

Por otra parte, el creciente materialismo comenzaba a hacer estragos en la unidad familiar, dando comienzo a la carrera de divorcios y al enfriamiento de la relación entre padres e hijos. Proliferaban como hongos las religiones nuevas basadas en interpretaciones absurdas y retorcidas de la Biblia.

Entre 1902 y 1911 se publicó gran número de punzantes artículos y feroces novelas que desenmascaraban las mentiras de los políticos y la mala fe de los empresarios. A estos escritores Roosevelt los denominó «recogedores de basura», y les pidió que no sólo criticasen las malas acciones, sino que alentasen las buenas.

Él mismo, haciéndose eco del espíritu de reforma, hizo promulgar diversas leyes destinadas a mejorar la calidad de vida del ciudadano medio. Las leyes de pureza de los alimentos, puestas en vigor en 1906, prohibieron el uso de «toda droga, materia química o conservante perjudicial» en la preparación de medicinas y alimentos. Se reforzaron las leyes contra el trabajo de los menores y se adoptaron otras nuevas, que elevaban el límite de edad para trabajar y hacían obligatoria la asistencia a la escuela.

Se triplicó el terreno reservado para bosques y se hicieron esfuerzos para evitar los incendios forestales.

1.1. ¿Qué piensas de la situación por la que atravesaban los Estados Unidos a comienzos de siglo?

....

....

....

....

....

....

....

....

....

....

....

....

....

....

....

....

....

....

....

2. La lógica humana frente a las fuerzas del Destino

Para La Máquina Pensante todos los problemas pueden solucionarse por medio de la lógica.

Durante el hundimiento del barco *Titanic*, Futrelle pudo muy bien consultar a su personaje: «¿Cómo puedo salvar mi vida, profesor Van Dusen?» De haber sabido la respuesta el distinguido científico, a buen seguro que se la hubiera brindado. ¿Quién mejor que su propio creador podía conocer los recovecos de la mente de La Máquina Pensante? Pero la triste realidad es que Jacques Futrelle murió en el naufragio.

Cristo formuló una pregunta en el Sermón de la Montaña: «¿Quién de vosotros, a fuerza de mucho discurrir, consigue alargar su vida en un segundo?» En otra ocasión citó las palabras: «Médico, cúrate a ti mismo.»

¿Quiénes son las personas que viven más años? ¿Son los premios Nobeles de Medicina o de Biología?

....

....

....

....

....

....

2.1. Escribe las reflexiones que se te ocurran en relación con este tema.

....

....

....

....

....

....

....

....

....

....

....

3. Detectives superhombres y detectives corrientes

El más antiguo antecesor del profesor Van Dusen fue Dupin, el detective creado por Edgar Allan Poe. Dupin, además de poseer una mente admirablemente lúcida, era autosuficiente en un grado lindante con la vanidad. Se consideraba a sí mismo tan infinitamente superior al Prefecto de la Policía de París que, cuando este alto funcionario le exponía los detalles de algún caso, apenas le escuchaba, o incluso echaba un sueñecito disimulado con sus gafas oscuras.

Otro de los predecesores de La Máquina Pensante, el archifamoso Sherlock Holmes, habló con desprecio de Dupin y de Lecoq (genial detective creado por el francés Gaboriau).

Otros sucesores de Dupin, como el mencionado Lecoq o Martin Hewitt, eran menos engreídos, más humanos. Algunos, incluso, parecían seres desvalidos, como el señor Reeder, de Edgar Wallace, o el Padre Brown, de Chesterton. En general, los detectives de ficción pueden clasificarse en superhombres y hombres sencillos.

3.1. ¿Cómo clasificarías a La Máquina Pensante? Justifica tu respuesta.

....

....

....

....

....

....

....

....

....

....

....

....

....

4. Detectives analíticos y detectives intuitivos

Dupin resolvía los misterios gracias al análisis. Sus discípulos más directos son asimismo detectives analíticos: tal es el caso de Lecoq, Sherlock Holmes y el doctor Thorndyke (1), entre otros. En realidad, todos los detectives son analíticos.

El arte de detectar siempre implica análisis.

Sin embargo, reservamos la denominación de «analíticos» para aquellos detectives que *exponen paso a paso* la línea de sus razonamientos. A los demás, los llamamos «intuitivos».

4.1. ¿En qué grupo incluirías a La Máquina Pensante? Razona tu respuesta.

....

....

....

....

....

....

....

....

....

---

(1) Pronunciado «zórndaik», con la «r» muy suave.

5. Detectives de sillón y detectives de acción

Algunos detectives resuelven los casos cómodamente sentados en su sillón. Esto no implica que nos desvelen paso a paso el proceso de sus razonamientos. Dejan la labor de la investigación directa en manos de algún ayudante, o de la misma policía. A veces ni siquiera se molestan en visitar el escenario del crimen. Son detectives puramente cerebrales.

Como contrapartida están los detectives de acción, que prefieren trabajar directamente sobre el terreno. Estos últimos no son necesariamente menos analíticos, como lo demuestran los ilustres ejemplos de Lecoq, Sherlock Holmes y el doctor Thorndyke. Mucho menos analítico que ellos es el caricaturesco Nero Wolfe, un detective gordinflón y tragaldabas que casi nunca sale de su casa.

5.1. ¿En cuál de estos grupos encuadrarías a La Máquina Pensante? Antes de dar tu respuesta, recuerda la actuación de este detective en las cuatro historias que componen el presente volumen.

....

....

....

....

....

....

6. El juego limpio

Como ya se te indicó, Jacques Futrelle ofreció cien dólares en premios a los acertantes del enigma planteado en *«El problema de la celda número 13».* Para que esta clase de desafíos al lector sean éticamente limpios, son condiciones imprescindibles que el lector conozca todos los datos del rompecabezas y que la solución sea lógica y convincente.

6.1. ¿Te parece que el autor juega limpio con el lector? Justifica tu respuesta.

....

....

....

....

....

....

....

....

....

....

....

....

....

....

7. Habilidad narrativa

Para que un relato detectivesco sea bueno no basta con que el enigma sea inteligente, sino que ha de estar expuesto de manera atractiva. El interés ha de ser creciente, ininterrumpido. El lector ha de desear llegar al final sin saltarse las páginas intermedias. No olvidemos que nos encontramos ante una obra literaria, no ante un inteligente problema de física ni ante un ejemplo ilustrativo de una clase de criminología. Al mismo tiempo que expone el problema, el autor ha de avivar, incluso espolear, la curiosidad y el espíritu de fantasía del lector.

Recuerda, por ejemplo, el modo en que el escritor nos hacía saber que existía la posibilidad de hablar con alguien del exterior.

7.1. Pon dos o tres ejemplos de incidentes en los que se refleje la capacidad del autor para avivar el interés de la historia.

....

....

....

....

....

....

....

....

8. Naturaleza oculta de la verdadera inteligencia

La Máquina Pensante seguía dos líneas de actuación: una, la destinada a fugarse; otra, la orientada a despistar al alcaide y a los carceleros. No le preocupó pasar por iluso en alguna ocasión; para él, lo importante era el resultado final. «Quien ríe el último, ríe mejor.»

8.1. ¿Te parece que en la vida real se da con frecuencia esa situación?

....

....

....

¿O, por el contrario, el inteligente siempre parece inteligente?

....

....

....

¿Con quién hace mejores migas la inteligencia, con la humildad o con la soberbia, con el silencio o con el mucho hablar? Expresa tu parecer.

....

....

....

....

....

....

....

....

....

....

....

....

....

....

9. Más ideas ingeniosas relacionadas con fugas

Es probable que Jacques Futrelle, a la hora de imaginar *«El problema de la celda número 13»*, tuviera noticia de las proezas de «Harry Houdini» (1), prestidigitador que se hizo célebre por su habilidad para liberarse de cualquier clase de atadura y fugarse de todo tipo de celdas. Houdini había aprendido de un tragador de sables el arte de ocultarse en la garganta pequeñas limas flexibles, para recuperarlas en el momento oportuno por medio de un hilo atado a un diente.

---

(1) Nombre artístico de Ehrich Weiss, judío neoyorquino nacido un año antes que Futrelle y muerto en Boston en 1926.

Benvenuto Cellini (2) refiere en sus memorias cómo logró escaparse de cierto castillo. Con unas tenazas quitó los clavos que sujetaban los goznes de la puerta de su calabozo. Para que no se notase la falta de los clavos, mezcló un poco de cera con limaduras de hierro oxidado, consiguiendo así el color de los clavos. Luego moldeó hábilmente esta masa (recuerda que era orfebre) imitando las cabezas de los clavos. Dejó estas falsas cabezas de clavo en los correspondientes agujeros de los goznes, teniendo buen cuidado, para que la puerta no se desprendiese, de sujetarla por arriba y por abajo con algunos de los clavos que había sacado, pero cortados previamente y metidos sólo lo suficiente para que los goznes se mantuvieran en su sitio. Llegado el día elegido para la fuga, quitó los goznes, pudiendo así abrir la puerta, y sirviéndose de unas sábanas convenientemente preparadas, se descolgó por el muro de la torre donde sufría su cautiverio.

Ramón Llull (3), estando prisionero, recibía mensajes secretos de sus amigos a través de huevos. Los mensajes estaban escritos en la cáscara de los huevos *por dentro.* He aquí un bonito enigma para La Máquina Pensante. ¿Solución? Muy fácil. El mensaje se escribía por fuera y al revés, con ácido sulfúrico, cuya acción traspasaba la cáscara, y después se daba al huevo un baño de cal para borrar las marcas externas del escrito.

---

(2) Orfebre, grabador y escultor italiano, nacido en 1500 y fallecido en 1571.

(3) Teólogo y filósofo catalán (1235?-1315). Combatió el materialismo de Averroes y sufrió tortura por defender la fe cristiana entre musulmanes.

9.1. Ahora te cedemos a ti la oportunidad de proponer ideas ingeniosas y practicables relacionadas con este apasionante tema. Al decir «ingeniosas» excluimos, naturalmente, la suerte y la violencia; y por practicables entendemos las ideas llevables a la práctica con relativa facilidad, sin necesidad, por ejemplo, de ser hipnotizador, acróbata, ventrílocuo, etc.

Da preferencia a la calidad sobre la cantidad. Escribe un máximo de tres ideas.

10. Para una apreciación justa de la inventiva

Sólo después de intentar hacer una cosa nos damos cuenta de las dificultades que entraña. Ahora que has intentado idear procedimientos de fuga estás en condiciones de apreciar la dimensión del ingenio de *«El problema de la celda número 13»*. Si un crítico te dijera que «ésa es una narración fácil de inventar», ¿qué le responderías? ¿Por qué?

....

....

....

....

....

....

....

....

....

....

....

....

....

....

....

....

11. Verosimilitud

«Verosímil» significa «parecido a la verdad». Una historia verosímil es una historia que parece verdad. La similitud es una cualidad. Podemos apreciar la verosimilitud de una acción formulando tres preguntas: *«¿Quién?», «¿Cómo?»* y *«¿Por qué?»*. Empecemos por el «cómo», que es la esencia de este relato.

11.1. Verosimilitud del *«cómo».*

Haz una revisión de los diferentes pasos seguidos por La Máquina Pensante para evadirse. Averigua, a través de un buen libro de química, cómo actúa sobre el hierro el ácido nítrico. Escribe luego tu juicio acerca de la verosimilitud del *cómo.*

....

....

....

....

....

....

....

....

....

....

....

....

11.2. Verosimilitud del *«quién»*

¿Encaja el *«cómo»* con el *«quién»*? ¿Se hubiera escapado de esa manera una persona sin estudios, o poco dada a la reflexión?

....

....

....

....

....

....

....

....

....

....

....

....

....

....

11.3. Verosimilitud del *«por qué».* Valor del sacrificio.

Es natural que los presos deseen salir de las cárceles; lo que ya no resulta tan natural es que una persona libre sufra un encarcelamiento por propia voluntad. La Máquina Pensante padeció durante una semana las privaciones y las incomodidades propias de un condenado a muerte.

¿Te parece que valió la pena el experimento? ¿Es frecuente que los grandes científicos antepongan el bienestar de la mente al bienestar del cuerpo?

....

....

....

....

....

....

....

....

....

¿Y los grandes artistas? ¿Y los santos? ¿Lo entiende esto la generalidad de la gente?

....

....

....

....

....

....

....

....

....

....

El adivino de la bola de cristal

1. Hablando de adivinos

En todas las épocas y en todos los países ha habido personas que pretenden ver el futuro. Han recibido variadas denominaciones: videntes, agoreros, arúspices, astrólogos, sibilas, pitonisas, etc. Utilizan fuentes de inspiración a cuál más pintoresca, absurda o ridícula: entrañas de cadáveres, globos de cristal, barajas, velas, posos de té y un largo etcétera.

Un caso aparte son los profetas de la Biblia, que se limitaban a decir lo que el Espíritu Santo les inspiraba. No eran ellos los que hablaban; era el Espíritu Santo el que hablaba por boca de ellos. Por eso se cumplieron sus predicciones, hechas con muchos siglos de antelación. Acertaron tantas cosas sobre Cristo (que nacería de una Virgen de la estirpe de David, en Belén, que obraría curaciones milagrosas, que sería vendido por treinta monedas, que lo crucificarían, que resucitaría al tercer día, etc.), y en general tan poco previsibles por la lógica humana, que se hace de todo punto imposible atribuirlas a la casualidad.

La inspiración del Espíritu Santo no acabó al terminarse de escribir la Biblia, sino que está ahora presente en la Iglesia.

Nâbî, palabra hebrea equivalente a profeta, significa quizá «el que habla en nombre de otro». Al profeta también se le denominaba «hombre de Dios» (I Samuel 9, 10). El profeta auténtico no hablaba en beneficio propio; por el contrario, pagaba sus palabras con el desfavor de los gobernantes, el encarcelamiento y aun la muerte. No buscaba agradar a sus oyentes. Llevaba una vida austera, de santidad, lejos de los placeres burgueses.

Pero la mayoría de los hombres buscan más afanosamente mentiras que les duerman la conciencia que verdades que la iluminen. De aquí el éxito de la charlatanería. Según las estadísticas, el 80 por 100 de los individuos consultan alguna vez en su vida a un adivino. Veamos un ejemplo de explotación de credulidad:

«—Es usted del signo Lupus, al igual que Cervantes —afirma el astrólogo.

»"Para algo me ha servido nacer sietemesino", piensa el consultante. "En el fondo, ya me parecía a mí que Cervantes y yo... Le soltaré mil de propina."

—Los nacidos bajo ese signo poseen una personalidad fuerte, pero su sensibilidad extrema es frecuente motivo de incomprensiones.

»"Verdad, verdad. Eso tendría que oírlo la inculta de mi mujer... Dos mil de propina."

—Veo que usted posee una mente lúcida y analítica.

»"¿Cómo lo habrás adivinado? La cosa era bien secreta... ¡Qué ciencia tan científica es la Astrología! Nada de dos mil... ¡Tres mil!"

»Una vez halagado el ego de su víctima, el adivino pasa a las predicciones. Afirma, por ejemplo, que el consultante tendrá esa semana dificultades con su mujer. La víctima, en consecuencia, trata con recelo a su esposa, quien, justamente resentida, acabará por provocar situaciones de tensión.»

1.1. Enumera algunas posibles «adivinaciones» que pudieran aplicarse a un niño o niña de tu edad.

a) *Adivinaciones para halagar el ego.* Por ejemplo: «Eres más inteligente de lo que pareces; pero tus profesores no saben explicar bien las lecciones.»

....

....

....

....

....

....

....

....

....

b) *Adivinaciones del futuro.* Por ejemplo, y teniendo en cuenta la proximidad de los exámenes trimestrales: «Se acercan para ti días de tensión nerviosa.»

....

....

....

....

....

....

....

....

....

1.2. ¿Recuerdas cómo era el decorado de la casa de Adhem Singh? ¿Consideras que ese decorado tenía alguna relación con sus actividades «adivinatorias»?

....

....

....

....

....

....

....

....

1.3. ¿Qué papel jugaba Jadeh en la conspiración? Varick, hombre honrado, ¿la hubiera mirado con los mismos ojos de saber que estaba casada?

....

....

....

....

....

....

....

....

....

2. Casos paralelos en la vida real

La inmensa mayoría de los casos controlados de visiones fantasmales o proféticas, no son más que efectos de trucos destinados a impresionar a ciertas personas.

El astrólogo Nostradamus, al igual que Adhem Singh en la narración de Futrelle, fabricó una visión «profética» mediante un truco de óptica. Al ser consultado por la reina francesa Catalina de Médicis acerca del futuro del reino de Francia, el adivino hizo aparecer ante ella el trono ocupado por Enrique de Navarra, quien, efectivamente, llegaría a ser rey de esta nación.

Nostradamus no había hecho más que disponer, ante un escenario preparado al efecto, un juego de espejos que reflejaban la imagen de un cómplice parecido a Enrique de Navarra y disfrazado de monarca.

Entre los magos más célebres del siglo pasado figura Robert, conocido por Robertson. El 28 de marzo de 1798, a las siete de la tarde, dijo a su auditorio, después de hacer apagar todas las luces:

«Ciudadanos, damas y caballeros, no soy un aventurero o un charlatán que promete dar más de lo que puede dar; he declarado en el *Journal de Paris* que podía resucitar a los muertos y los resucitaré. Aquellos que deseen ver aparecer a personas queridas, muertas por enfermedad o por cualquier otra causa, no tienen más que decírmelo y yo satisfaré su ruego.»

Después de un momento de silencio, uno de los espectadores dijo entre las sombras:

«Puesto que no me ha sido posible, por medio de un periódico oficial, ensalzar la memoria de Marat, al menos quisiera ver su sombra.»

El mago colocó encima de una llama dos vasos llenos de sangre, una botella de ácido sulfúrico, doce gotas de un líquido misterioso y dos ejemplares del *Journal des Hommes Libres.*

Al momento se formó una densa humareda de olor áspero y picante, en medio de la cual comenzó a surgir, pálido e informe, un «fantasma» armado de un puñal y tocado con el gorro de la Revolución Francesa. Al «reconocer» a Marat, el espectador intentó llegarse hasta él para abrazarlo; pero, tras hacer una mueca feroz, la visión desapareció.

El truco se realizaba por medio de una linterna mágica muy perfeccionada y potente, especie de proyector de cine primitivo.

Muchos magos utilizan su habilidad para divertir a los espectadores. Su arte, conocido como magia blanca, ilusionismo o prestidigitación, es de los más difíciles, y cuenta con la aportación de verdaderos genios, como Bautier da Kolta o Robert Houdin. Pero han sido muy numerosos los magos que han puesto su destreza al servicio del fraude.

El libro *Contra los magos,* escrito en el siglo II por el filósofo pagano Celso, revelaba las trapacerías de los hechiceros romanos. Muchos alquimistas de la Edad Media hicieron creer en la realidad de la piedra filosofal utilizando crisoles con doble fondo.

Cuando Jacques Futrelle escribió *«El adivino de la bola de cristal»* abundaban en Estados Unidos los espiritistas que se enriquecían a costa de los crédulos. Este movimiento seudorreligioso fue iniciado por las hermanas Fox, quienes reconocieron al final de sus vidas que todos sus pretendidos contactos con los espíritus de los muertos no habían sido más que fraudes.

Precisamente en Boston, la ciudad de La Máquina Pensante, se hicieron célebres las sesiones del espiritista Margery, quien acabaría siendo desenmascarado. Las voces de los «aparecidos» procedían de altavoces suspendidos con alambres, los golpes dados en las mesas eran ejecutados con martillitos ocultos en la pernera del pantalón y accionados mediante un dispositivo adaptado a la pierna; hilos, imanes, aparatos de telegrafía, juegos de acústica y de óptica servían para producir mil efectos atribuibles a la acción de los espíritus. Muchas de estas supercherías fueron desenmascaradas por el *Comité americano de investigación sobre el espiritismo.*

2.1. ¿Qué opinión te merecen los adivinos como Adhem Singh? ¿Y los consultantes como Varick? ¿Te parece que aún quedan Varicks y Adhems Singhs en el mundo?

....

....

....

....

....

....

....

....

....

....

....

....

3. Expresión

Busca en el diccionario el significado del verbo *«cernerse»*, averiguando sus acepciones literal y figurada. Relee seguidamente el primer párrafo de la narración y sitúa la expresión *«se cernía»* en su contexto. ¿Qué efecto produce este verbo aplicado a *«lámpara»?* ¿Cómo consigue el autor un efecto similar con el resto de los seres inanimados de este pasaje descriptivo? ¿Qué función cumple el adjetivo *«irreverente»* dentro del contexto?

....

....

....

....

....

....

....

....

....

....

....

....

....

....

....

El problema del Rubens robado

1. Caracterización

1.1. ¿Cuáles de estas características corresponden a Kale y cuáles a Lesseps?

— Según él, el valor artístico se corresponde con el monetario.

— Sus opiniones artísticas son libres.

— Sus opiniones artísticas están condicionadas por el criterio de los expertos.

— Defiende el arte porque le gusta.

— Defiende el arte para darse buen tono.

....

....

....

....

....

....

....

....

2. Averiguaciones

2.1. Molière, el más célebre de los comediógrafos franceses, inmortalizó a! personaje Jourdain, que, al igual que Kale, es un ricachón que hace extravagancias para darse aires culturales y distinguidos. Averigua, con ayuda de una buena historia de la literatura, el título de esta comedia.

....

....

2.2. En el relato se citan los pintores Rubens y Whistler. Sirviéndote de una enciclopedia, recopila los datos más importantes de su vida y su obra.

....

....

....

....

....

....

....

....

....

....

....

....

3. El mejor escondite es el más visible

En su relato *«La carta robada»*, Allan Poe sentó un precedente clásico que luego habían de imitar una legión de seguidores. De acuerdo con el genial autor norteamericano, el mejor escondite no es el más oculto, sino, por el contrario, el más obvio.

La tendencia más generalizada, cuando se trata de esconder algo, es mantenerlo lejos del alcance de los buscadores y, naturalmente, la tendencia más común de los investigadores es registrar los escondrijos más ocultos.

En consecuencia, el escondite más eficaz es el que está más a la vista, *porque es en el que menos se piensa.*

3.1. ¿Existe algún elemento común entre este principio y la narración de Jacques Futrelle? Justifica tu respuesta.

....

....

....

....

....

....

....

....

4. Vamos a ejercitar la imaginación

Al igual que los músculos se ejercitan con la gimnasia, la mente puede ejercitarse en diferentes áreas. Por ejemplo, las matemáticas razonadas desarrollan la capacidad de análisis. Ahora te proponemos unos ejercicios orientados a cultivar tus facultades imaginativas.

Una vez aceptada la premisa de que el escondite más seguro es el más obvio, te invitamos a que idees algunas aplicaciones de la misma. No son válidas las ideas entresacadas de narraciones o películas que conozcas. ¡Ánimo y a exprimirse la mollera!

4.1. Ocultación de un sello valioso.

Ejemplo: colocado en un sobre debajo de un sello de mayor tamaño y de uso corriente, teniendo cuidado de que éste se encuentre pegado sólo por los bordes para no dañar el sello ocultado.

....

....

....

....

....

....

....

....

4.2. Ocultación de un cheque.

Ejemplo: Sujeto con una goma a un aspa de un ventilador que esté funcionando.

....

....

....

....

....

....

....

....

....

4.3. Ocultación de un diamante.

Ejemplo: dentro de una garrafita transparente de licor. Quedan descartados los viejos trucos de tragárselo o de hacérselo tragar a un animal.

....

....

....

....

....

....

....

....

....

5. Un razonamiento deductivo

Gracias a un sencillo razonamiento deductivo, La Máquina Pensante advierte que el Rubens descubierto por el detective Mallory no es el original. Explica brevemente en qué consiste este razonamiento.

....

....

....

....

....

....

....

....

....

....

6. Una anécdota

En 1937 se descubrió en Holanda un cuadro que representaba a los *Peregrinos de Emaús.* Una legión de expertos en pintura, después de estudiar la obra, llegaron a la unánime conclusión de que el cuadro era de Vermeer, destacado pintor holandés fallecido hacía más de trescientos sesenta años.

En años subsiguientes fueron descubriéndose nuevas pinturas desconocidas de Vermeer: *Jacob bendiciendo a Isaac,* el *Cristo de los ultrajes,* etc. Los críticos ponían estas obras por las nubes, y por allí arriba también andaban los precios de las mismas.

Un buen día salió a relucir el hecho de que todos estos lienzos geniales los había diseñado y pintado un artista desconocido que, llevado de su admiración hacia Vermeer, había imitado el estilo y la firma del viejo maestro. Consecuencia: el imitador fue a la cárcel y los cuadros perdieron su valor.

6.1. ¿Encuentras alguna relación entre esta anécdota y el relato de Jacques Futrelle? En caso positivo, expresa en qué consiste.

....

....

....

....

7. Recomendaciones para una lectura posterior

«La carta robada» (incluido en *Historias extraordinarias*), de Edgar Allan Poe; «La Clave n.º 2» (perteneciente a *El Terror y otras historias sorprendentes*), de Edgar Wallace, y «Una broma extraña» (del volumen *Tres ratones ciegos*), de Agatha Christie.

El coche fantasma

1. Fantasía a la luz de la razón

El comienzo de «El coche fantasma», como el de muchas otras narraciones protagonizadas por La Máquina Pensante, parece corresponder al género fantástico. Sin embargo, lo que parecía contradecir la lógica natural acaba explicándose a la luz de la razón. Son historias de maravillas racionalizadas, y no siempre pertenecen al género policiaco.

En cierta ocasión Jacques Futrelle hizo un experimento literario en colaboración con su esposa May. Ella había de escribir un cuento fantástico y él escribiría, como réplica, un segundo cuento en el cual se daría una explicación racional del primero. May Futrelle Escribió «El dios sonriente», donde aparece una carretera no registrada en ningún mapa, para luego desaparecer junto con una casa de sus inmediaciones. La respuesta de su esposo fue un relato protagonizado por La Máquina Pensante. El eminente científico daba una explicación prosaica del maravilloso misterio: la víctima de la ilusión, que era un automovilista, había detenido su coche para reponer gasolina, y a causa de la densa oscuridad de la noche, hizo girar su vehícu-

lo en dirección errónea, de donde vino el engaño. No se trata de un relato policiaco, pues está ausente el elemento crimen.
Es frecuente que ambas tendencias, la de la maravilla explicada y la de la detección del crimen, coexistan en una misma obra.

1.1. Explica en qué consiste la diferencia entre relato policiaco y relato de maravilla racionalizada.

....

....

....

....

....

....

....

....

....

....

....

....

....

....

....

....

....

1.2. ¿En qué aspecto es una maravilla racionalizada «El coche fantasma», y en qué consiste su elemento propiamente policiaco?

....

....

....

....

....

....

....

....

2. Otras lecturas sobre maravillas racionalizadas

La aventura de la cabeza encantada, incluida en el capítulo LXII de la segunda parte de *El Quijote.*

«El jugador de ajedrez de Maelzel», perteneciente a los *Ensayos* de Poe.

Las *Memorias* de Robert Houdin.

2.1. ¿Conoces tú algún otro ejemplo digno de ser mencionado? Si es así, escribe el título y el autor.

....

....

....

3. Caracterización

Describe los rasgos más destacados que caracterizan al personaje Jimmie Thalhauer.

....

....

....

Seguidamente, responde estas preguntas:

— ¿Cuál es la diferencia fundamental entre la personalidad de Thalhauer y la de La Máquina Pensante?

....

....

....

....

....

— ¿Qué pensaba Thalhauer de La Máquina Pensante?

....

....

....

....

....

....

— ¿Qué pensaba Van Dusen del campeón ciclista?

....

....

....

....

....

....

....

....

....

....

....

— ¿Qué papel juega Hutchinson Hatch entre ambos?

....

....

....

....

....

....

....

....

....

4. Expresión

La escena nocturna de la persecución del coche realizada por Jimmie Thalhauer está impregnada de una atmósfera de misterio.

4.1. ¿Qué adjetivos contribuyen a la creación de esta atmósfera?

....

....

....

....

4.2. ¿Qué imágenes sonoras refuerzan la sensación de misterio?

....

....

....

....

4.3. ¿Por qué crees que utiliza el autor el tiempo presente?

....

....

....

....

Índice

Colección altamar

Series

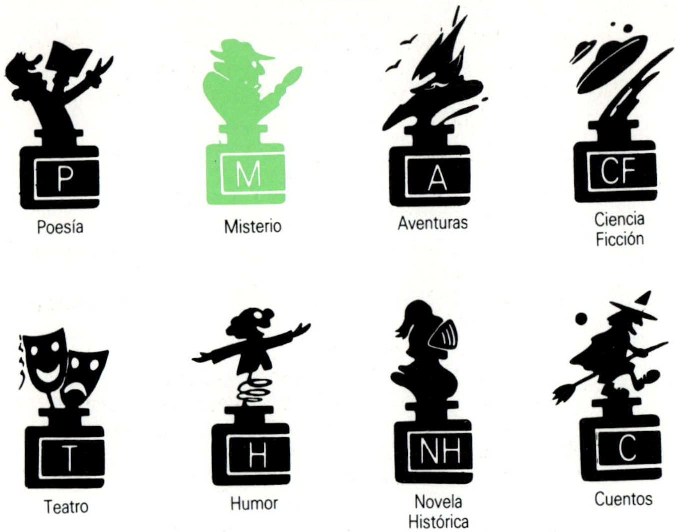

Títulos publicados

1. Carmen CONDE. *Despertar* (P).
2. Montserrat del AMO. *El abrazo del Nilo* (A).
3. Fernando ALMENA. *Los pieles rojas no quieren hacer el indio* (T).
4. Ángela C. IONESCU. *Déjame solo, Joe* (C).
5. Gianni PADOAN. *Concierto de Libertad* (NH).
6. Juan FARIAS. *Los apuros de un dibujante de historietas* (H).
7. Carlos MURCIANO. *La rana mundana* (P).
8. Juan MUÑOZ. *Las tres piedras y otros cuentos* (C).
9. Juana Aurora MAYORAL. *La cueva de la Luna* (CF).
10. Sauro MARIANELLI. *Una historia en la Historia* (NH).
11. Pilar MOLINA LLORENTE. *Aura gris* (NH).
12. Jean GUILLORÉ. *El viaje de Nicolás* (A).
13. Samuel BOLÍN. *Los casos del comisario Antonino* (M).
14. R. Hubert VON BISSING. *La Tierra del Oro Ardiente* (A).
15. Elvira MENÉNDEZ. *La máquina maravillosa* (CF).
16. Jules ROMAINS. *Knock o El triunfo de la medicina* (T).
17. Fernando ALMENA. *Marcelo Crecepelos* (H).

18. Juan MUÑOZ. *El feo, el bobo y el malo* (C).
19. Blanca GARCÍA-VALDECASAS. *Los chicos de La Maraña* (A).
20. Gloria FUERTES. *La poesía no es un cuento* (P).
21. Juana Aurora MAYORAL. *Enigma en el Curi-Cancha* (NH).
22. Alan C. McLEAN. *El fantasma del valle* (A).
23. Fernado G. TEJADA. *Noche de luna con gatos* (T).
24. Emilio SANJUÁN. *Simón, Simón* (H).
25. Jacques FUTRELLE. *La Máquina Pensante* (M).
26. José Luis VELASCO. *El Océano Galáctico* (CF).
27. Gabriel JANER MANILA. *Cuentos para los que duermen con un ojo abierto* (C).
28. Manfred LIMMROTH. *El pequeño Otto ha desaparecido* (H).
29. Hilda PERERA. *Mumú* (A).
30. Alfredo GÓMEZ CERDÁ. *Luisón* (C).
31. Christopher KNOCK. *Edgar Wallace y el caso Software* (M).
32. Antonio-Manuel FABREGAT. *Los cuentos de mi escuela* (C).
33. Fernando LALANA. *Edelmiro II y el dragón Gutiérrez* (T).
34. Avelino HERNÁNDEZ. *1943* (NH).
35. François GOUDET. *Marieta y los vikingos* (M).
36. Braulio LLAMERO. *El inspector Tigrili* (H).
37. Miguel Ángel MENDO. *Vacaciones en la cocina* (C).
38. Ángela C. IONESCU. *El país de las cosas perdidas* (C).
39. Concha LÓPEZ NARVÁEZ. *El tiempo y la promesa* (NH).
40. Mathias DUNANT. *El monstruo de Jarama* (CF).
41. Fernando LALANA y J. M.ª ALMÁRCEGUI. *La bomba* (H).
42. José Francisco VISO. *Don Caracol Detective* (M).
43. Fernando ALMENA. *El cisne negro* (T).
44. Hazel TOWNSON. *Los embrollos de Beny* (H).

Títulos en preparación

Alfredo GÓMEZ CERDÁ. *El laberinto de piedra* (A).
G. BEYERLEIN y H. LORENZ. *El sol no se detiene* (NH).
Montserrat del AMO. *¡Siempre toca!* (T).
Raúl JIMÉNEZ. *Aldurabahim* (A).
Ángela C. IONESCU. *Los amigos* (C).
M.ª Dolores ALIBÉS. *Superfantasmas en un supermercado* (H).
Esteban BUÑUEL. *Quiero ser astronauta* (P).
José GONZÁLEZ TORICES. *Tengo mucho cuento* (C).